KB012213

뇌굉전격
의
마룡토벌

현자의손자

13

올리비아 스톤

마크 빈

"빈, 빈 부인."
"네!"
"아직 부인이 아니에요!"

오그가 부르자 마크는 얌전히 대답했지만
올리비아는 그 호칭에 항의했다.

Contents

서장

엘스 자유 상업 연합국의 동쪽.

그곳에는 거대한 산맥이 우뚝 솟아있으며, 산맥을 간신히 넘는다고 해도 그 너머에는 끝이 보이지 않을 정도로 광대한 사막이 펼쳐진다.

과거 몇 번인가 탐색대를 결성해 답파에 도전했지만 그 끝이 보이지 않는 넓이에 몇 번이고 실패했다.

그것이 알스하이드 왕국을 비롯한 각국의 인식이었다.

그러나 엘스는 달랐다.

이따금 대사막 지대를 넘어오는 사람이 있다는 것을 알고 있기 때문이다.

엘스는 대사막 지대의 너머에 사람이 살고 있으며, 나라가 있다는 사실을 알고 있었다.

그러면서도 의도적으로 숨겼다.

독자적으로 사막 너머의 나라와 국교를 맺을 수 있다면 부를 독점할 수 있으니까.

그러나 그 정보를 은닉할 수 없는 상황이 벌어졌다.

오랜만에 사막을 넘어온 이방인.

그리고 그 이방인이 가져온 물건이 원인이다.

그것은 엘스를 비롯한 알스하이드, 더욱이 이스 신성국에서는 금지된 물건.

바로 『용 가죽』이다.

용 가죽은 사막 너머의 나라에서 평범하게 유통되는 상품이지만, 갑작스레 용 가죽의 유통이 금지됐다고 한다.

용 가죽을 거래할 수 있는 나라가 있건만, 그럴 수 없게 된 것이다.

이렇게 된 이상 숨기고 있을 수 없다고 판단한 엘스 대통령 아론은 알스하이드 왕국 왕태자인 아우구스트에게 협력을 요청.

그 결과, 신이 비행정을 만들어 대사막 지대를 넘게 됐다.

사막 너머에 존재하는 나라의 이름은 쿠완롱.

거기서 온 두 명의 이방인은 샤오린이라는 소녀와 리판이라는 남자.

그 두 사람의 안내로 쿠완롱에 도착한 얼티밋 매지션즈와 엘스 정부 사람들로 구성된 사절단.

그다지 호의적이지 않았던 마중을 받은 사절단은 첫 번째 교섭을 마친 뒤 다음 교섭을 준비하기 위해 샤오린의 본가인 밍 가에서 회의를 했다.

그때, 마물이 된 용이 대량으로 발생해 이웃 마을을 습격했다는 연락이 들어왔다.

사건의 발단은 며칠 전으로 거슬러 올라간다.

쿠완롱의 수도 이롱에서 멀리 떨어진 마을의 전망대 위에서 망원경을 사용해 어떤 것을 감시하던 남자는 감시 대상의 변화를 느꼈다.

감시하던 것은 용.

그 마을은 용의 서식지 근처에 있는 곳으로, 예전에는 용의 개체수를 조절하고 가죽을 가공하기 위한 최전선 거점이었다.

'큰일이군…… 서둘러 알려야 해…….'

남자는 이변을 발견하고는 곧바로 봉화를 올렸다.

얼마 후 다음 봉화가 오른 것을 확인한 남자는 다시 용을 감시했다.

'부탁합니다, 하오 님. 빨리 대처하지 않으면 큰일이 벌어진다고요.'

남자는 망원경으로 감시하며 그렇게 생각했다.

그러나 그 남자의 기대는 배신당하게 된다.

봉화는 확실히 수도까지 이어졌다.

그 정보도 정확하게 어떤 인물에게 도달했다.

그러나 그다음으로 전달되지 않았다.

그 결과, 그 마을은 용의 습격을 받았다.

그리고 그 마을에서 간신히 탈출한 주둔병이 수도에 그 소식을 가져왔다.

제1장 일치단결하는 조직은 없을지도 모른다

"제길! 이런 타이밍에!"

방으로 뛰어든 고용인에게서 용의 대량 발생 보고를 듣고서 저도 모르게 그렇게 소리치고 말았다.

그럴 수밖에 없었던 것이 오늘은 쿠완롱과 두 번째 교섭의 예정일이기 때문.

지금 막 그곳에 가려고 하던 참에 이런 보고를 받을 줄이야.

그런 내 옆에는 오그가 씁쓸한 표정을 했다.

"실수했군. 도착하자마자 정상적인 나라인지 의심가는 사태만 일어나는 바람에 용이 어떤 상황인지 확인하는 걸 잊고 있었다."

오그의 씁쓸한 그 말은 나도 마찬가지였다.

쿠완롱에 도착하자마자 마중나온 사자의 습격을 받았고, 교섭을 시작했더니 하오는 제멋대로의 자세를 유지. 그 뒤로도 하오의 추악한 면모에 관한 이야기만 들었다.

그리고 몇 번이고 이어진 하오의 습격과 그 미수.

그 결과 우리는 원래의 목적에서 벗어나 하오가 보낸 자객의 대처에 정신이 팔리고 말았다.

때때로 용 가죽에 관한 이야기가 나왔음에도.

이 사태는 우리의 확인 미스다.

얼티밋 매지션즈 전원이 쿠완롱에 온 것도 애초에 이런 사태를 우려했기 때문인데…….

샤오린 씨에게서 쿠완롱에 반포된 법령을 들었을 때 우리가 제일 먼저 걱정한 것은 용의 개체 수 조절이 되지 않는 상황이었다.

용은 일정 기간마다 사냥해서 개체 수를 조절하지 않으면 통제할 수 없을 정도로 늘어나 인근 마을을 공격한다는 이야기를 들었기 때문이다

그리고 그 이야기를 들었을 땐 이미 법령 반포로부터 2년 가까이 지난 뒤라 그렇게 될 가능성이 충분히 예측되니 얼티밋 매지션즈 전원이 왔다.

그런데 시작부터 쿠완롱이라는 나라의 황당한 대응이 이어지는 바람에 완전히 잊고 있었다.

그러나 이렇게 후회만 해도 소용이 없다.

어떻게든 해야 한다.

"나바르 씨! 긴급 사태이니 우리는 용을 토벌하러 갈게요!"

"알겠습니다. 그럼 교섭은 저희만 가겠습니다."

일단 사절단의 책임자인 나바르 씨에게 용을 토벌하러 나간다고 알리자 그런 대답이 돌아왔다.

"교섭이라니…… 이런 긴급 상황에 그러고 있을 여유가……."

"그건 모를 일이죠. 그 성격 나쁜 녀석이라면 민중이 괴로워하든 말든 자신의 사정을 우선시할지도 모르니까요. 만약우리가 교섭의 자리에 나가지 않으면? 교섭에 응하지 않았으니 우리가 용 가죽 거래를 포기했다고 주장할 겁니다."

"서, 설마……."

"그러지는 않을 거라고요? 마왕님은 사람이 너무 좋다니까요. 그 성격 나쁜 녀석은 태연하게 그런 짓을 하는 부류입니다."

나바르 씨는 단호하게 말했다.

그런 사람은 소설 속에서나 등장할 것 같지만 노련한 나바르 씨가 하는 말이니 사실이겠지.

그 말을 들은 오그는 이해했다는 표정을 한 뒤 어떤 인물에게 시선을 보냈다.

"나바르 외교관의 말이 맞다. 그럼, 리판 씨."

"뭐지?"

"우리는 이 나라의 말을 몰라. 샤오린 씨는 나바르 외교관의 통역을 가야 하니 대신 리판 씨가 따라와 줄 수 있나?"

무심코 뛰쳐나갈 수도 있었지만, 우리는 이 나라의 말을모른다.

누군가 통역이 필요한데, 샤오린 씨는 나바르 씨의 교섭에갈 테고 용과 전투를 벌이게 될 테니 강력한 마도구를 지녔다하더라도 샤오린 씨를 전장에 데려갈 수는 없다.

그런 점에서, 리판 씨라면 통역과 전투가 가능하다.

데려간다면 리판 씨밖에 없겠군.

하지만.

"하지만 그렇게 되면 아가씨를 호위할 수는……."

그렇겠지.

리판 씨의 본직은 샤오린 씨의 호위.

그런 샤오린 씨와 떨어지는 것은 불안하겠지.

"그렇다면…… 빈, 빈 부인."

"네!"

"아직 부인이 아니에요!"

오그가 부르자 마크는 얌전히 대답했지만 올리비아는 그 호칭에 항의했다.

곧 결혼 예정이라지만, 결혼 전에 부인이라고 불리는 것은 부끄럽겠지.

실제로 올리비아의 얼굴은 새빨개졌다.

"이제는 시간문제지. 지금부터는 호칭에 익숙해졌으면 좋 겠군. 미안하지만 두 사람은 나바르 외교관과 샤오린 씨의 호위를 맡아다오."

"알겠습니다."

"하아…… 여러 가지로 알겠어요."

마크는 오그가 자신에게 부탁한 것이 기쁜지 활기차게 대 답했지만 올리비아는 빈 부인이라고 부르는 것을 정정하지 않겠다고 말한 오그에게 포기의 뜻을 담아 대답했다.

시실리도 금방 익숙해졌으니 올리비아도 금방 익숙해질 테지만.

그러자 리판 씨가 두 사람에게 다가갔다.

"미안하지만 아가씨를 잘 부탁한다."

"맡겨주세요!"

"안전하게 지켜드릴게요."

"부탁하지."

리판 씨는 그렇게만 말하고서 우리에게 다가왔다.

그 모습을 확인한 오그는 샤오린 씨에게 말을 걸었다.

"그럼, 용이 습격한 마을은 어디지?"

오그의 말을 샤오린 씨가 통역하자 고용인이 깜짝 놀란 얼굴로 샤오린 씨에게 위치를 말해주었다.

"말을 타고 이틀 정도 가면 나오는 북동쪽의 마을이 습격을 받은 모양이에요."

샤오린 씨의 말을 들은 오그는 복잡한 표정을 했다.

"이틀이라…… 습격받은 마을은 어떻게 됐을지……."

이 나라에는 통신기가 없는 모양이니까.

마을이 용의 습격을 받고 필사적으로 말을 타고 왔을 것이다.

그러나 이미 습격이 일어나고 이틀이라는 시간이 흘렀다.

실제로 마물이 된 용과 싸운 적이 있는 우리는 최악의 상황을 떠올렸다.

그리고 그것은 용과 싸운 경험이 많은 쿠완롱 사람인 샤오린 씨도 마찬가지였다.

"일단 마을에는 병사가 상주하고 있었지만…… 한두 마리라면 몰라도 대량의 용이라면……."

그렇게 말하고서 어두운 표정이 됐다.

용과 접할 기회가 많은 쿠완롱 사람에게도 대량의 용은 위협적이겠지.

이렇게 될 것을 간단히 예측할 수 있었을 텐데, 하오 녀석은 정말로 무슨 생각인 걸까?

"그나저나 그 정보를 용케도 손에 넣었군."

오그의 말을 샤오린 씨가 통역해주자 고용인이 말을 더했다.

"그 마을에 있던 병사가 수도에 도착하자마자 큰소리로 외친 모양이에요. 그 말을 들은 사람들이 여기저기 알리고 다녀서 지금은 수도 사람들이 다 알고 있다고 해요."

필사적으로 말을 타고 왔겠지.

간신히 수도에 도착했으니 자신도 모르게 소리치게 되는 것도 어쩔 수 없을 것이다.

"소식이 그렇게 널리 퍼졌다면 정말로 교섭이 중지되지는 않을까?"

"그렇군. 이런 비상사태에 자신의 이익을 위해서 교섭했다는 것이 알려지면 하오와 다른 고위 간부의 사이가 틀어질

지도 모르니까. 하지만 나바르 외교관의 의견도 지당하니 일단은 교섭에 나서기로 하지. 빈, 빈 부인. 만약 교섭이 중지되면 곧바로 연락해라. 전력은 조금이라도 많은 편이 좋으니 바로 마중 나가지."

"네!"

"알겠습니다!"

두 사람 모두 중요한 전력이니까.

만약 교섭이 중지된다면 굳이 전력에서 제외할 필요는 없다.

"그럼 샤오린 씨, 지도를 빌려주겠나?"

"아, 네! 잠시 기다려주세요!"

샤오린 씨는 그렇게 말한 뒤 지도를 가지러 방에서 나간 뒤 곧바로 돌아왔다.

"미안하군. 타국 사람에게 지도를 보여주는 건 원래 있어선 안될 일인지도 모르겠지만……."

"긴급사태니까 신경 쓰지 마세요. 여러분은 세계를 정복할 야망이 없고, 쿠완롱을 침략할 의사도 없다는 걸 믿어도 되겠죠?"

"그래. 알스하이드 왕국 왕태자의 이름을 걸고 약속하지."

"그럼 안심이에요. 그래서 그 마을의 위치는요……."

샤오린 씨는 지도에 있는 한 곳을 가리켰다.

"여기예요. 비행정이라면 한 시간 이내에 도착할 거리입니다."

쿠완롱까지 비행정을 타고 온 샤오린 씨가 대략적인 시간

소요를 알려주었다.

그러나 오그는 당당한 미소를 떠올렸다.

"비행정은 쓰지 않을 거다."

"네? 하, 하지만 여러분이 사용하시는『게이트』마법은 가본 적이 있는 곳에만 쓸 수 있는 것이……."

당황하며 그렇게 말하는 샤오린 씨에게 오그가 자신만만하게 말했다.

"게이트나 비행정은 쓰지 않는다. 우리가 직접 날아서 갈 테니까."

"지, 직접이요?!"

"그래. 비행정과는 비교할 수 없는 속도로 날아갈 수 있지."

"저, 정말인가요?!"

샤오린 씨는 깜짝 놀란 표정이었다.

예측대로였는지 오그는 만족스러운 얼굴이었다.

그걸로 직성이 풀렸는지 오그는 표정을 고치고 나를 보았다.

아, 내가 아니라 리판 씨였나.

"리판 씨, 바람 마법은 쓸 수 있나?"

"아니…… 내가 쓸 수 있는 건 신체 강화와 마력 방출뿐이다."

"그런가. 그럼 신, 네가 데려가주겠어?"

"그래, 알았어."

바람 마법을 쓸 수 없으면 이동할 수 없으니까.

리판 씨는 나와 함께 가기로 했지만, 정작 당사자는 표정이 굳어버렸다.

"비행정을 쓰지 않는다니…… 괜찮은 건가?"

비행정은 밀폐된 곳이었으니까 생각보다 무섭지 않았겠지만, 이번엔 맨몸으로 날아간다.

"리판 씨."

"뭐, 뭐지?"

"……금방 익숙해져요."

"사, 상당히 불안하다만……."

"에잇, 한시라도 빨리 가야 하니까 마법을 걸게요."

"자, 잠깐 기다려다오…… 어엇!"

불안할 테지만 이 이상 시간을 끌 수는 없으니까.

억지로 리판 씨와 모두에게 부유 마법을 걸었다.

"시, 신 님! 마, 마음의 준비를……!"

"죄송해요, 그럴 시간이 없어요. 그럼 마크, 올리비아, 끝나면 바로 연락해!"

"알겠습다!"

"그냥 여러분들이서만 끝내주셔도 괜찮아요!"

두 사람의 그런 말을 들으며 우리는 용의 습격을 받았다는 마을을 향해 날아갔다.

"잠깐 기다려!"

리판 씨의 절규를 들으며.

◆

"굉장해…… 순식간에 보이지 않을 정도로 멀어졌어……."

신 일행이 떠난 뒤, 남아 있던 샤오린이 그렇게 중얼거렸다.

"3년 정도 날아다녔으니 말임다. 나름대로 속도를 낼 수 있슴다."

"너무 빠르면 호흡이 힘들지만, 그걸 방지하는 바람 마법도 능숙해졌고요."

멍하니 신 일행이 떠난 방향을 바라보며 중얼거리는 샤오린에게 마크와 올리비아가 그렇게 말을 걸었다.

"그럼…… 비행정도 저 정도의 속도로 날면……."

더 빨리 도착할 수 있지 않았는지 물어보려 한 샤오린의 말을 마크가 부정했다.

"저희와 같은 속도로 날면 비행정이 산산조각 남다."

"그, 그런가요?"

"넵. 저희와 같은 속도로 날려면 선체를 금속으로 만들어야 함다."

"금속……이라면……."

"무게가 엄청나질 테니까 떠오르게 하는 것만으로도 필요한 마력이 상당해짐다. 그럼 조종사가 아무리 많아도 부족함다."

"……무슨 일이든 그리 쉽게 풀리지는 않는 법이군요……."

마크의 설명을 들은 샤오린은 바로 자신의 생각을 고쳤다.

"뭐, 그걸 어떻게든 하는 것이 장인의 실력이겠지만 말임다. 하지만…… 월포드 군이 만드는 마도구는 지나치게 상식에서 벗어나 어디를 어떻게 개량해야 좋을지 알 수 없는 게 사실임다."

"그, 그 정도 인가요……."

"사막 야영지에서도 말했잖슴까. 솔직히 저는 월포드 군에게 이전 문명의 기억이 있다고 믿고 있슴다."

"이전 문명의……."

샤오린은 그렇게 말한 뒤 입을 다물었다.

마크는 샤오린의 그 태도를 보고 아직 믿지 못하는 것이라고 해석해 딱히 신경 쓰지 않았다.

그래서 입을 다문 샤오린을 내버려두고 나바르에게 말을 걸었다.

"슬슬 가실 겁까?"

"그렇군요. 슬슬 시간이 됐으니까요. 그럼 샤오린 씨, 이만 가볼까요?"

"네? 아, 네!"

나바르의 말을 들은 샤오린이 고개를 들었다.

그리고 사절단과 함께 밍 가에서 마련한 마차에 탔다.

마크와 올리비아는 호위이니 걸어야 한다.

이렇게 사절단 일행은 유황전을 향해 이동을 시작했는데,

수도는 이미 패닉 직전에 빠져 있었다.

사람들이 하는 말도 마크 일행이 들었던 용이 마을을 습격했다는 이야기에서 나아가 이미 쿠완롱 전토가 공격을 받고 있다는 둥 정보가 뒤섞인 양상이었다.

"정말 큰 혼란에 빠진 느낌이네."

"그러게. 이런 상황인데 정말로 회의를 하려나?"

"글쎄? 그런 복잡한 이야기는 전하나 나바르 씨 일행의 영역이니까 우리는 우리가 할 수 있는 일을 하자."

"그래."

마크와 올리비아는 다시 색적 마법을 발동해 주변을 확인.

그 결과 최근 며칠과 마찬가지로 수상한 마력은 느껴지지 않았다.

"진짜 첫날의 그건 뭐였을까 싶을 정도로 조용하네."

"사절단이니까 이게 보통이지만."

그런 이야기를 나누며 계속 유황전으로 이동했고, 얼마 후 드디어 도착했다.

"아무 일도 없었네."

"아직까지는. 하지만……."

올리비아는 그렇게 말하며 건물 안을 보았다.

거기도 큰 혼란에 빠졌는지 수많은 사람이 뛰어다니는 모습이 보였다.

마차에서 내린 샤오린은 달리던 관료 한 명을 붙잡고서 무언가 말을 걸었다.

그러자 그 관료는 뭔가 소리를 친 뒤 다시 어디론가 뛰어 갔다.

"무슨 말을 한 걸까?"

마크의 그 의문은 돌아온 샤오린이 해준 말로 곧바로 해소됐다.

"오늘 회의는 어디에서 열리는지 물었는데 이런 비상시에 그럴 여유는 없고 하오도 이 혼란의 책임을 져야 하니 회의할 때가 아니라고 하네요."

샤오린 씨의 그 말에 마크만이 아닌 나바르를 포함한 모두가 이해했다.

"그야 그렇겠죠. 나라에 큰일이 벌어졌는데 다른 나라와 교섭하고 있을 때가 아닐 테죠."

"하지만 그렇게 되면 저희는 괜히 온 셈입니다."

마크의 그 말에 나바르는 살짝 웃으며 고개를 저었다.

"그렇지도 않아요. 적어도 이 나라가 완전히 부패하지 않았다는 것을 알게 됐으니까요."

"무슨 말씀이세요?"

나바르의 말에 올리비아도 고개를 갸웃했다.

"이 나라에서 하오의 권력은 절대적이라고 생각했지만 그렇지도 않은 모양입니다. 하오가 추진한 법안 때문에 이번 사태가 벌어졌으니 책임을 묻는 세력이 있다는 것을 알게 된 것만으로도 큰 수확이죠."

그런 나바르의 말에 마크와 올리비아도 상황을 이해했다.

확실히 아까 샤오린은 하오에게 이 혼란의 책임을 묻고 있다고 말했다.

그렇다면 이 나라에 하오 이외의 권력자도 있다는 뜻이다.

지금까지 쿠완롱의 대응으로 볼 때 나라 자체가 부패한 것이 아닐까 싶었지만, 아무래도 정상적인 사람도 있는 모양이다.

"이 이상 여기에 있어도 소용없겠군요. 우리가 왔다는 사실을 기록한 뒤 돌아갈까요."

나바르는 샤오린을 보며 그렇게 말했다.

"알겠습니다. 그럼 그렇게 전하고 오겠습니다."

샤오린은 그렇게 말한 뒤 유황전의 출입을 관리하는 사람에게 방문한 사실을 확실히 기록해달라고 부탁해 회의를 하러 왔다는 증거를 남긴 뒤 일행은 유황전을 나갔다.

마차에 탄 나바르는 멀어지는 유황전을 보며 혼잣말을 했다.

"이걸로 하오가 실각한다면 좋겠는데……."

그 혼잣말은 건너편에 앉은 샤오린에게도 들렸는지 대답이 돌아왔다.

"이런 비상시에 할 말은 아닌지도 모르겠지만, 그렇게 된다면 기쁘겠네요."

나바르는 대답을 한 샤오린을 보고서 쓴웃음을 지으며 말했다.

"그런 녀석일수록 끈질기게 살아남는 법이니까요."

나바르의 말에 샤오린도 쓴웃음을 지으며 수긍했지만, 그 표정은 어두웠다.

그건 샤오린의 가슴 속에는 어떤 걱정이 있었기 때문이다.

그 걱정이란 하오를 둘러싼 소문이다.

그것이 사실이라면 하오의 권력이 유지될지도 모른다.

그 소문이란…… 하오가 독자적으로 유적을 발굴해 강력한 고대 병기를 입수했다는 것이다.

하오가 만약 소문대로 강력한 무기를 손에 넣었다면 이 사태를 직접 수습할지도 모른다.

고대 병기는 그만큼 강력하다.

역시 이 사실을 신 일행에게 말해뒀어야 했다고, 샤오린은 후회했다.

짧은 기간에 신 일행의 됨됨이를 파악할 수 없으니 위험한 화제는 최대한 피했다.

그러나 신이 신뢰할 수 있는 사람이라는 것을 알게 된 시점에 말해두었어야 했다.

샤오린은 돌아가는 마차 안에서 그것이 나쁜 방향으로 이어지지는 않을까 계속해서 불안에 휩싸였다.

『하오 님, 이게 대체 어떻게 된 겁니까?』

유황전의 방에서 몇 명의 관료가 하오를 둘러싸고 있었다.

하오는 방 중앙에 있는 의자에 앉아있었고, 관료들이 그를 둘러싸듯 한층 높은 곳에 앉아 있었다.

그 모습은 하오를 범인으로 대하는 것처럼 보였고, 하오 자신도 그렇게 느끼며 굴욕에 치를 떨었다.

『하오 님이 제출한 자료에서 용은 멸종될 위기에 빠졌다고 했었는데 말이죠.』

『그런데 그런 멸종 위기라는 용이 대량으로 마을을 습격했다지 않습니까.』

『다시 묻겠습니다, 하오 님. 이게 대체 어떻게 된 일입니까?』

하오는 저마다 그렇게 말하는 관료들을 증오스러운 눈빛으로 노려보았다.

하오는 쿠완롱의 관료 중에서도 특히 지위가 높았다.

지금 하오를 둘러싼 관료들은 자신보다 지위가 낮은 자들이었다.

그것들이 이때를 노려 일제히 자신을 내려다보고 있다.

굴욕이라고 밖에는 할 수 없었다.

『할 말이 없습니까? 하오 님.』

『말을 하지 않는다는 건 당신이 제출한 용에 관한 보고서는 거짓이었다고 인정하는 셈입니다만.』

『아, 아니야! 몰랐다! 나는 조사 단체의 요청을 받아 법안을 제출했을 뿐이야!』

하오는 관료 한 명의 말에 재빨리 반론했다.

당연히 거짓말이다.

관료는 그런 하오의 말을 듣고 히죽 웃었다.

『호오. 그럼 하오 님은 그 보고서를 제대로 검토하지 않고서 법안을 제출했다는 말씀입니까?』

『아…… 그게 아니라…….』

『아니라고요? 실제로 지금 그렇게 말씀하시지 않았습니까.』

히죽이며 내려다보는 관료에게 강한 분노를 느낀 하오는 어금니가 깨질 만큼 강하게 이를 악물었다.

어째서 자신이 이런 수준 낮은 인간에게 모욕을 당해야 하는가.

자존심이 높은 하오에게 이러한 대우는 굴욕이라고 밖에는 할 수 없었다.

이렇게 된 것도 전부 최근 며칠 동안 모습을 보이지 않는 보좌관 탓이라고 생각한 하오는 모든 책임을 보좌관에게 떠넘기기로 했다.

『보, 보좌관이 조사했다고 해서 그 말을 믿었을 뿐이다! 난 속았어!』

『그 보좌관을 임명한 건 당신일 텐데요? 그렇다면 임명 책임이 있는 것 아닙니까?』

『그, 그건……!』

하오는 모든 말을 지적해오는 관료에게 무척이나 짜증이

났다.

자신은 아무것도 잘못하지 않았다.

애초에 이 법안을 제출한 시점에 용의 수가 늘어날 것은 하오도 예측했었다.

그래서 하오는 만약에 용의 개체 수가 늘어나 폭주하지 않도록 용의 감시를 강화했다.

그리고 조금이라도 용의 대량 발생 징조가 보이면 곧바로 보좌관에게 연락하도록 해두었다.

늘어난 용을 사냥할 수단도 마련해뒀다.

그러나 그 보좌관이 실종됐다.

솔직히 배신한 보좌관을 자신의 손으로 찢어 죽이고 싶은 마음이었지만 책임을 져야 할 상대가 사라지는 것은 좋지 않다.

하오는 보좌관에게 책임을 떠밀어 자신에게 유리해질 수 있는 방법을 필사적으로 궁리했다.

『시, 실은 조사 단체와 보좌관에게 이 이야기를 들었을 때 나는 이런 사태가 벌어지지 않을까 되물었다. 용을 보호한다는 건 개체 수가 늘어난다는 뜻이니까.』

『호오?』

관료는 분명 믿지 않는 듯했지만 일단 말을 계속했다.

『단체와 보좌관이 말하길 멸종 직전이라 바로는 늘어나지 않는다고 했지만…… 그 말을 듣고도 나는 불안을 떨칠 수 없었지. 그래서 나는 독자적으로 용에 대항할 수 있는 수단을 준비해두었다.』

서론은 거짓이지만 후론은 거짓이 아니다.

점점 우쭐해진 하오는 마치 연설하듯 이야기했다.

『보좌관의 견해로는 10년은 괜찮을 거라 했지만…… 녀석들은 용의 번식력을 우습게 봤다. 그 증거로 보좌관은 요 며칠 모습을 보이지 않았지! 책임을 지는 것을 두려워해 도망쳤다!』

관료들은 하오의 열변을 묵묵히 들어주었다.

그 모습에 하오는 관료들이 자신의 말을 믿는다고 확인하고서 자신이 공적을 가져갈 수 있도록 이야기를 전환했다.

『확실히 부하가 저지른 짓의 책임은 내게도 있겠지. 그러니 이런 곳에서 시간을 낭비할 순 없다! 나는 이 사태를 일으킨 부하의 뒤처리를 위해 한시라도 빨리 현장으로 가야한단 말이다!』

그렇게 말한 하오는 자신을 둘러싼 관료들을 노려보았다.

그 시선을 받은 관료들은 작은 목소리로 이야기를 나눈 뒤 하오에게 말했다.

『하오 님, 용에 대항할 수 있는 수단이라는 게 뭐죠?』

『유적에서 발굴한 무기가 있지. 그거라면 용이라 해도 충분히 통한다.』

『그렇군요..』

관료들은 다시 작은 목소리로 이야기를 나누고 하오에게 말했다.

『좋습니다. 지금은 이 사태를 한시라도 빨리 진정시키는 것이 급선무입니다. 하오 님에게 괜찮은 방법이 있다면 그걸 써봅시다. 바로 현장으로 가주시겠습니까?』

그 말을 들은 하오는 위기를 넘어섰다고 안도하고는.

『그래, 내게 맡겨라!』

그렇게 말하고는 방에서 나갔다.

하오가 나간 뒤 관료 한 명이 중얼거렸다.

『하오가 저렇게 말하는데, 사실은 어떻지?』

그 말의 대답은 나란히 앉은 관료들이 아닌 그 뒤에서 들렸다.

『전부 헛소리입니다.』

그렇게 말하며 모습을 드러낸 것은 실종된 하오의 보좌관이었다.

보좌관은 하오의 폭거를 견디지 못하고 모습을 감춘 뒤 다른 관료에게 보호를 요청했다.

요청을 받은 관료는 하오를 실추시킬 재료로써 보좌관을 숨겨주었다.

그리고 그 보좌관의 입에서 진실이 흘러나왔다.

『그 보고서는 하오가 직원의 가족을 인질로 잡고서 조사 단체에 억지로 쓰게 한 겁니다.』

『판에 박힌 악당이로군.』

『우리도 청렴결백한 건 아니지만…… 저 녀석에 비하면 성인군자가 아닐까 착각할 정도야.』

『그래. 그 직원들의 증언은 얻을 수 있나?』

저마다 하오를 욕하던 관료 중 한 명이 보좌관에게 물었다.

『괜찮습니다. 이번 보고가 들어온 뒤 바로 조사 단체의 직원과 그 가족을 보호하도록 손을 써뒀습니다. 애초에 지금의 하오는 그쪽에 수작을 부릴 여유가 없겠지만요.』

『그렇군. 그런데 하오가 말한 용에 대항할 수 있는 무기가 있다는 이야기도 헛소리인가?』

『아니요. 그건 사실입니다. 유적을 발굴했을 때 저도 함께 있었고, 그 위력도 확인했습니다.』

『그렇게 강력한가?』

『네. 용도를 알 수 없어 시운전을 했을 때 그 무기에서 나온 충격으로 조사원 몇 명이 흔적도 없이 날아갈 정도였으니까요.』

보좌관의 그 말에 관료들은 숨을 죽였다.

그리고 다시 히죽 웃었다.

『뭐, 용의 폭주는 이 나라의 중대사 아닙니까. 하오 님이 열심히 토벌해주길 기다려봅시다.』

『다만, 그런 무기를 발굴했는데도 나라에 보고하지 않은 점은 문제로군요.』

그 말을 들은 관료들은 다들 히죽였다.

그 광경을 본 보좌관은 속이 시커먼 관료들의 대화에 내심 한숨을 쉬었다.

용을 사냥하는 자

제2장

쿠완롱의 수도인 이롱을 떠난 우리는 용의 습격을 받은 마을을 향해 날았다.

"지도로 보면 이 주변인데…… 음?"

샤오린 씨에게서 받은 지도를 보며 주변을 둘러보던 오그가 어떤 곳을 응시했다.

우리도 따라 그쪽을 보자 언덕 너머로 연기가 피어오르는 것이 보였다.

"리판 씨! 저긴가?!"

오그가 리판 씨에게 그렇게 묻자 돌아온 것은 끄덕임뿐.

대답하는 목소리는 없었다.

"좋아, 전원 전속력으로 간다!"

『네!』

오그의 말에 모두가 답했다.

리판 씨는 창백해진 얼굴로 눈을 휘둥그레 떴지만.

"리판 씨, 갈게요!"

"이, 이보다 더 빠른 건!"

아, 방금은 말하지 않았는데 갑자기 소리친다.

맨몸으로 나는 게 어지간히 무서웠던 모양이다.

하지만 안타깝게도 한시라도 빨리 마을에 도착해야 하니 리판 씨의 호소는 무시하고 속도를 올렸다.

리판 씨의 비명을 들으며 마을에 도착하니, 마을은 이미 파괴되어 있었다.

마을에 있던 건물 대부분이 부서지고 거리에는 인체의 일부로 보이는 것이 여기저기에 흩어져 있었다.

"윽……."

그 광경에 앨리스는 구역질이 났는지 입을 막았다.

"……이건, 심각해."

린도 미간을 찌푸리며 마을의 참상을 바라보았다.

솔직히 나도 이 광경을 보고서 말이 나오지 않았다.

과거 슈투름에게 괴멸당한 제국 도시를 본 적이 있었지만 이렇게 시신이 흩뿌려지지는 않았다.

아마도 슈투름의 부하인 마인들이 철저하게 시신을 처리했을 것이다.

마치 고스트 타운 같은 광경이었다.

그러나 이 마을을 습격한 것은 야생의 용.

시신을 처리할 리가 없다.

그 결과 먹다 흘린 인체의 일부가 여기저기에 떨어져 있었다.

이것이 야생 용의 습격을 받은 마을의 말로인가…….

이렇게 될 가능성을 충분히 예측할 수 있는데도 사리사욕을 위해 마치 이 상황을 재촉하는 듯한 법안을 강제로 밀어붙인 하오에게 강한 분노가 치밀었다.

그러나 지금은 하오에게 분노하는 것보다 이 마을이 우선이다.

마을에는 아직 용이 잔뜩 있다.

색적 마법으로 마력 반응을 살펴보자 마력의 대부분이 한곳에 모여 있었다.

그곳은 요새처럼 벽이 세워진 건물이었다.

용들은 그 벽을 들이받는 행동을 반복했고, 벽 위에 있는 병사들은 필사적으로 방어하고 있었다.

다행이다. 아직 생존자가 있어!

"신! 벽 위로 내려간다!"

"그래!"

나는 오그의 지시를 따라 부유 마법을 조정해 벽 위로 내려갔다.

『―!』

갑자기 하늘에서 나타난 우리에게 병사들은 살기를 뿜으며 무기를 겨눴다.

"리판 씨!"

"하아, 하아, 우읍…… 자, 잠시만……."

벽 위에 내려오자마자 두 팔을 딛고 웅크린 리판 씨에게 말을 걸었지만, 리판 씨는 앨리스와는 다른 의미로 구역질했다.

『─. ─.』

리판 씨가 호흡을 가다듬으며 무어라 말하자 병사들은 수상히 여기는 표정을 하면서도 무기를 내려주었다.

"리판 씨, 괜찮으세요?"

아직 숨이 거친 리판 씨에게 시실리가 다가가 치유 마법을 걸어주었다.

그러자 서서히 호흡이 안정되어 똑바로 설 수 있게 됐다.

"고맙습니다, 천녀님. 덕분에 편해졌습니다."

"저, 저기, 천녀님이라고 부르지 않으시면 안될까요?

"……?"

시실리를 『천녀님』이라고 부르며 고맙다고 한 리판 씨와 그렇게 부르지 말아 달라는 시실리.

그러나 리판 씨는 정말로 무슨 말인지 알 수 없다는 듯이 고개를 갸웃했다.

보아하니 리판 씨한테는 천녀님으로 확정된 모양이네.

주인인 스이란 씨가 그렇게 말했으니까.

"그런데 리판 씨, 지금 뭐라고 했지?"

"어, 음. 우리는 수상한 사람이 아니라 원군이라고 전했다."

"그렇군. 그럼……."

오그가 말한 동시에 지진이 난 것처럼 벽이 흔들렸다.

용이 돌진한 것이다.

"쳇, 이야기를 방해하는군."

오그는 그렇게 말한 뒤 벽 위에서 용들이 모인 아래를 바라보았다.

"조금 얌전히 있어라."

태연하게 말하고서 용들의 눈앞에 거대한 벼락을 떨어뜨렸다.

『으아아아아!』

지금 건 통역하지 않아도 알 수 있다.

비명이었다.

"야! 아무리 그래도 갑자기 벼락을 떨어뜨리지 말라고!"

눈부시잖아!

"응? 아, 그렇군. 이 나라의 병사들이 있었지."

"우리도 있다고!"

"너희는 익숙해졌잖아? 그래도 이 나라의 병사들을 배려하지 못한 것은 반성해야겠군."

그건 그렇지만, 갑자기 눈앞에 벼락이 떨어지면 시야가 이상해진다고!

그렇게 오그와 대화하고 있으니 토르가 한숨 섞인 말을 했다.

"하아…… 전하, 요즘 들어 점점 신 님을 닮아가시는군요……."

"뭐……뭐라……고……?"

오그의 표정은 지금까지 본 적 없을 정도로 경악에 휩싸였다.

……오그가 나와 닮았다는 건 좀 싫지만 그렇게까지 절망하면 나까지 우울해진다고.

"저, 전하. 장난칠 때가 아닌 것 같은데요."

"아, 그래. 미안하군, 메시나."

"아니요."

"용들은 지금 공격으로 이쪽을 상당히 경계하며 물러났군. 이때 정보를 수집하지. 리판 씨, 통역해주겠나?"

"그래."

아까까지 절망하던 표정은 어디로 사라졌는지 곧바로 진지한 표정으로 병사들과 대화를 시작했다.

"여긴 어떤 시설이지?"

『여긴 용의 습격을 대비한 대피소다. 이 마을은 용의 서식지와 가까우니 이런 시설이 있지.』

"그렇다면 이 안쪽 건물에는 생존자가 있나?"

『그래. 하지만 이번 용의 습격은 예전과 비교할 수 없는 규모였지. 마을 사람 대부분이 용에게 당했다.』

"그렇군. 참고로 어떤 종류가 얼마나 습격했는지 파악했나?"

『수는…… 많다는 것 외에는 모르겠군. 종류는 자세히 모르겠지만 거의 육식룡이었다.』

"거의?"

『마물이 된 초식룡도 섞여 있어서…….』

"그렇군."

『마물이 된 용만 없으면 더 잘 싸울 수 있었는데…….』

그렇게 말한 병사들은 상당히 분해보였다.

그런 병사의 이야기를 들은 오그는 잠시 생각한 뒤에 이쪽을 보았다.

"다들 들었겠지? 마물이 된 용은 우리가 대처한다."

"뭐?!"

오그의 말에 리판 씨가 깜짝 놀랐다.

"리판 씨와 병사들에겐 다른 용을 부탁하고 싶군. 맡겨도 되겠나?"

"우, 우리는 괜찮지만…… 그쪽은 괜찮은 건가?"

리판 씨의 말을 들은 오그는 자신만만하게 웃은 뒤 말했다.

"마인왕전역 때 마물이 된 용의 토벌은 몇 명에게 양보했으니 말이야. 나도 해보고 싶군."

그렇게 말하는 오그의 얼굴에는 대담한 미소가 떠올라 있었다.

상당히 호전적인 성격이 됐네…….

그렇게 생각하자 토르가 말을 더했다.

"역시…… 신 님을 닮아가시는군요……."

그 말을 들은 오그는 어지간히도 싫었는지 표정이 일그러져 있었다.

그러니까 어째서!

오그는 토르의 말에 큰 충격을 받은 모양이었지만 이내

마음을 다잡고 우리를 바라보았다.

"좋아. 그럼 간다."

『네!』

오그의 말에 모두가 대답하고서 아래로 뛰어내리려 했지만, 병사의 다급한 목소리가 들렸다.

"자, 잠시 기다려다오! 여기서 뛰어내릴 생각인가?!"

"그래."

"무모해! 이런 곳에서 뛰어내리면 무사할 리가 없다!"

어? 아, 그렇구나.

리판 씨는 제트 부츠를 신지 않았으니까.

그럼 어쩔 수 없지.

"제가 부유 마법을 걸어줄 거니까 괜찮아요."

"또 부유 마법인가……."

이번엔 딱히 고속으로 이동하는 것이 아니니 괜찮을 텐데.

"천천히 내려가는 것뿐이니 괜찮아요."

내가 그렇게 말하자 리판 씨의 어깨가 포기한 듯이 힘없이 쳐졌다.

"그, 그런가……."

부유 마법이 그렇게나 싫은가?

얼티밋 매지션즈는 제트 부츠가 있으니 괜찮을 테니까 리판 씨를 비롯한 다른 병사들에겐 부유 마법을 걸어줘야겠다.

다만 갑자기 부유 마법을 걸면 놀랄 테니 걸기 전에 설명해둬야겠지.

리판 씨에게 부유 마법의 설명을 부탁하니 낙담한 그에게 요새의 병사가 말을 걸었다.

두세 마디 말을 나누는가 싶더니 병사가 깜짝 놀란 표정을 했다.

"신 님. 그들에겐 이야기해뒀다. 부탁하지."

"아, 그런가요. 그럼……."

리판 씨의 허가도 떨어졌으니 리판 씨와 병사들에게 부유 마법을 걸었다.

『─?!』

『─, ─?!』

병사들이 놀란 표정으로 무어라 말하지만 무슨 뜻인지 알 수 없다.

뭐, 대충 예상은 되지만.

『이게 뭐지?』라든가, 『공중에 떴어?』하고 말하는 거겠지.

어쨌든 부유 마법은 그저 물체를 떠오르게 할 뿐인 마법이니 바람 마법을 쓸 수 없으면 이동할 수 없다.

그러니 이대로 벽 너머로 옮긴다는 뜻을 리판 씨에게 설명해달라고 부탁했다.

리판 씨의 설명을 들은 병사들은 엄청 소란스러웠다.

"리판 씨?"

"그, 그래. 일단 설명해뒀으니 시작해다오."

"네, 그럼."

나는 요새의 병사 한 명의 팔을 붙잡아 벽 너머로 휙 던졌다.

『끄아아아아……아?』

던져진 병사는 일단 굉장한 비명을 질렀지만, 그 후 곧바로 알 수 없는 목소리를 냈다.

자신이 공중에 머물고 있다는 사실을 깨달았겠지.

다른 병사들은 그 광경을 보고 넋이 나간 듯했다.

뭐, 소란 피우지 않는 편이 성가시지 않아 편하지.

나는 계속해서 병사들의 팔을 잡아 휙휙 밖으로 던졌다.

『으아아아!』

『히이익!』

그런 비명을 지르며 벽 너머로 던져진 병사들을 본 마리아가 중얼거렸다.

"지독하네……."

"그래? 괜히 배려하는 것보다 단번에 던지는 편이 좋지 않겠어?"

"그런가……?"

"그렇다니까."

어딘가 석연치 않아 하는 마리아는 내버려 두고, 나는 오그에게 말을 걸었다.

"오그, 준비됐어."

"그래. 그럼 이번에야말로 간다!"

『네!』

얼티밋 매지션즈는 오그의 호령에 제트 부츠를 기동해 벽 아래로 차례차례 뛰어내렸다.

나는 병사들을 아래까지 내려야 하니 다른 아이들보다 늦게 내려갈 예정.

"그럼 리판 씨. 내릴게요."

"그래.『―!』"

내 말을 다른 병사들에게 전달한 것을 확인한 뒤 모두를 지면을 향해 아래로 내렸다.

설명해두었지만, 아래로 떨어지는 상황에 병사들의 얼굴이 딱딱하게 굳었다.

……실수했네.

어쩌면 용과 싸우기 전에 괜한 체력을 쓰게 했는지도 모른다.

그렇게 생각하면서도 모두를 지면에 내려놓았다.

부유 마법을 해제하자 다들 안도한 표정을 했다.

그리고 허리에 찬 검을 뽑은 뒤 무어라 외치며 용을 향해 돌격했다.

"응? 저 사람들이 뭐라고 말하는 건가요?"

어쩐지 병사들의 표정이 기뻐 보이는 것이 신경 쓰여 리판 씨에게 물었다.

그러자 이런 대답이 돌아왔다.

"아……『지면이 있다는 건 훌륭해』라든가『지금이라면 마음대로 움직일 수 있어』라든가…… 그런 말이지."

"네?"

무슨 말이지?

"뭐, 나도 저 심정을 이해할 수 있다."

"그래요?"

"그래. 지면에 발이 닿지 않는 느낌은…… 너무나도 불안하지. 그러니 지면에 내려왔을 때 두 발로 땅을 밟을 수 있는 것에 고마움을 느낄 수 있었다."

"그, 그렇군요……."

"그리고 공중에선 자유롭게 움직일 수 없지. 지면에 내려와 마음껏 움직일 수 있게 되면 자신의 몸이 자유자재로 움직일 것 같은 기분이 들지."

그런가…….

얼티밋 매지션즈는 바람 마법을 쓸 수 있으니 처음부터 자유롭게 움직였지만, 그럴 수 없으면 그런 기분이 드는구나…….

"그것보다 신 님은 가지 않아도 괜찮은가? 어쩐지…… 아까부터 엄청난 소리가 들린다만……."

아, 먼저 간 녀석들이!

여기저기서 마법이 작렬하는 소리가 들렸다.

"뭐, 딱히 토벌 수를 경쟁하는 건 아니니까 늦은 김에 다른 사람들을 서포트할게요."

싸우는 걸 좋아하는 것도 아니니까.

"그런가. 그럼 나는 가겠다. 그렇지 않으면 여기까지 온 의미도 없으니."

리판 씨는 그렇게 말한 뒤 검을 들고 달려갔다.

자, 그럼 나는 하늘에서 서포트를 해볼까.

이번엔 그렇게 하겠다고 정한 뒤 다시 부유 마법을 사용해 하늘로 떠올랐다.

그럼 우선 아이들의 상태를 확인해볼까.

그렇게 생각하고 시선을 옮기니……

"이야아앗!"

"표적이 커서 맞추기 쉬움."

"코너! 휴즈! 용 가죽은 소재가 되니 더 깔끔하게 쓰러뜨려라!"

""네~.""

앨리스와 린이 용을 마법으로 난타하다 오그에게 혼났다.

"영차."

"와~ 토니 군― 전보다 검술 실력이 늘은 것 같네~?"

"하하, 그런가? 그러는 유리 양도 그 마도구는 신작이야?"

"맞아~ 빈 공방 사람이 토대를 만들어 준거야~ 소재를 채취하고 싶을 때 자주 사용하고 있어~."

"확실히…… 깔끔하게 잘리네."

"우후후."

이쪽에서는 토니와 유리가 대화하며 용을 사냥한다.

"흐으읍!"

"율리우스? 그 건틀릿은 신작입니까?"

"그렇소이다, 토르. 전에 사용하던 건틀릿은 상대가 폭발해서 산산조각 났으니 신 님께서 만들어주셨소이다."

"……뭔가 나오는 겁니까?"

"때리는 순간에 말뚝이 튀어나오는 것이오."

"……마법사의 무기가 그래도 되는 건가요?"

"소인에겐 이게 어울린다오. 토르, 뒤에서 오고 있소."

"알고 있습니다."

또 다른 곳에서는 얼마 전에 내가 준 새로운 무기인 파일 벙커를 사용하는 율리우스가 용을 사냥하고 토르가 황당한 시선으로 바라보며 담담하게 용을 사냥한다.

"이얏!"

"하아…… 평범한 용은 너무 약해서 재미없네."

마리아의 주위에는 마물이 된 용이 없는지 지루한 듯이 중얼거렸다.

"마리아. 상대는 사람을 습격한다지만 살아있는 생물이야. 그런 말을 하면 안 돼."

"시실리, 말투가 꼭 엄마 같네……."

"응? 나는 실버의 엄마인데?"

"참, 그랬지……."

시실리와 마리아도 잡담을 나누며 용을 사냥했다.

……응.

이 녀석들은 괜찮은 것 같다.

그럼 나는 리판 씨와 병사를 도와줘야지.

그렇게 결정하고 리판 씨와 요새의 병사들이 있는 쪽으로 날아갔다.

그러자 그곳에는 병사들이 저마다 무기를 휘두르며 용과 싸우고 있었다.

이번에 마을을 습격한 것은 육식룡이 대부분이다.

인간의 고기를 찾아 마을을 습격했으니 당연한 거겠지.

그리고 육식룡은 그렇게 크지 않다.

다만, 인간을 물어뜯을 수 있는 이빨을 지녔으니 병사들도 함부로 공격하지 못했다.

그래서 나는 병사들을 돕기로 했다.

병사들과 대치중인 용의 다리를 노려 얇은 레이저와 같은 마법을 발사해 발을 꿰뚫었다.

발이 꿰뚫려 괴로워하는 용.

갑자기 날아든 마법에 깜짝 놀라 이쪽을 보는 병사들에게 용을 가리키며 빨리 쓰러뜨리라고 지시했다.

그러자 병사들은 다급히 용에게 다가가 쓰러져 괴로워하는 용의 숨통을 끊었다.

용을 쓰러뜨리고 이쪽을 향해 검을 드는 병사들에게 가볍게 손을 들어 답한 뒤 다음 용을 찾았다.

가까이에 있던 용을 발견한 내가 손가락으로 그쪽을 가리키자 병사들은 바로 이해했는지 그쪽으로 이동했다.

　새로운 용과 마주한 그들은 조금 전 전투에서 깨달았는지 먼저 활을 쏘았다.

　초식룡에 비하면 작다지만 용의 크기는 인간 이상이다.

　화살로는 견제 정도에 불과하니 그 후에 검으로 공격하리라 생각했는데, 용에게 명중한 화살이 작은 폭발을 일으켰다.

　그렇구나!

　촉에 맞으면 폭발하는 부적을 달아둔 거구나.

　저거라면 견제만이 아니라 충분한 대미지를 줄 수 있다.

　부적도 굉장하네.

　저 기술이 있으면 많은 걸 할 수 있을 것 같다.

　부적의 다양한 활용법을 생각하고 있으니 리판 씨가 용의 숨통을 끊었다.

　저건…… 청룡도인가?

　휘어 있는 두껍고 커다란 칼로 용의 목을 일격에 떨어뜨렸다.

　리판 씨 쪽도 도와줄 필요가 없었으려나?

　그렇게 생각하고 있던 중에 나를 향해 빠르게 날아드는 마력 반응이 있었다.

　"어이쿠!"

　"신 님!"

　리판 씨가 다급히 외쳤지만 이쪽은 색적 마법으로 미리 위치를 알 수 있다.

뒤에서 날아든 기습을 피하고 그 모습을 확인했다.

거기에는…….

"익룡?"

익룡 무리가 있었다.

"이런 녀석도 있었구나."

얼핏 봐도 수십 마리는 있네.

"신 님! 밑으로 내려와야 한다! 하늘에 있으면 표적이 된다!"

리판 씨가 그렇게 소리쳤지만, 이 녀석들은 마물이 된 것이 아니다.

그러면 뭐 괜찮지 않을까?

나는 그렇게 판단하고 익룡 무리를 향해 날았다.

"뭐?! 신 님!"

리판 씨의 비통한 외침이 들렸지만 익룡들은 그렇게 크지 않았다.

오히려 작지 않으면 하늘을 날 수 없으니까.

만약 판타지 소설에 나오는 용만큼 큰 데다 이만한 수가 모였다면 큰일이라는 말로 끝낼 수준이 아니겠지.

그랬다간 세상이 위험하지 않을까?

그런 생각을 하며 익룡 무리에게 돌진하자 익룡들은 적의를 드러내며 내게 몰려들었다.

그러나 용치고는 작지만 하늘을 나는 생물 중에는 상당

히 큰 편.

　섬세하게 움직일 수는 없는지 갑자기 방향 전환한 나를 따라오지 못했다.

　그래도 익룡들은 계속해서 나를 노렸다.

　나는 익룡들을 아슬아슬하게 떨쳐내지 않을 정도의 속도로 날았다.

　그러자 익룡들은 내 뒤를 따라 날기 시작했다.

　좋아, 다들 잘 따라오고 있네.

　나는 이따금 뒤를 돌아보며 익룡들에게 예전에 사냥할 때 자주 사용하던 마법을 걸었다.

　익룡들은 마법에 걸린 것을 전혀 신경 쓰지 않고 내 뒤만 쫓았다.

　그리고 모든 익룡에게 마법을 걸고, 뒤를 돌아보았다.

　"다들, 떨어져!"

　나는 그렇게 외치며 작은 불꽃 탄환을 쏘았다.

　익룡들에게 건 마법은 예전에 사용했던 『마킹』 마법.

　작은 불꽃 탄환이 마킹된 표적을 향해 포물선을 그리며 날아갔다.

　그 광경은 마치 전투기를 향해 날아가는 호밍미사일과 같았다.

　익룡들의 이마에 불꽃 탄환이 빨려 들어가자, 익룡들은 한 마리도 빠짐없이 추락했다.

후. 마치 탑건이 된 기분이야…….

"앗! 뭐가 떨어졌어!"

어? 앨리스의 목소리?

"야, 신! 무슨 짓이야!"

앗, 이런.

어느 틈에 다른 아이들이 있는 곳까지 이동했던 모양이다.

"어이쿠!"

"아잉!"

"잠깐, 신! 무슨 짓이야?!"

머리 위에서 익룡들을 격추했으니…….

이, 이거 혼나려나……?

오그 일행은 떨어지는 익룡들을 필사적으로 피했다.

일단 아무도 맞지 않은 것에 안도하며 지상으로 내려오자 다들 나를 쌀쌀맞게 바라보았다.

"저기…… 미안."

"미안하다면 다야?! 전투 중이면 어쩔 뻔했어!"

책망하는 시선을 버티지 못하고 사과하자 마리아가 지당한 지적을 했다.

"하아…… 메시나의 말이 맞다. 조심해."

먼저 마리아가 화낸 탓인지 오그는 담담하게 쓴소리를 했다.

"그게…… 공중전은 처음이라 격추하는 것만 신경 쓰는 바람에……."

내가 그렇게 말하자 린이 이상한 부분을 물고 늘어졌다.

"월포드 군만 공중전이라니, 치사해. 다음은 내가 하고 싶음."

"아니…… 일부러 독차지한 건 아니었는데."

공중에서 공격을 받았으니 요격했을 뿐인데.

"나도! 나도 해보고 싶어!"

"아니, 그러니까……."

"그런데 요새 쪽 병사들은 어떻게 됐지?"

앨리스까지 린에게 편승하려 하자 오그가 화제를 잘 돌렸다.

마침 잘됐네. 오그 쪽 이야기에 대답해 앨리스와 린의 이야기는 어물쩍 넘어가자.

"저쪽은 괜찮아 보였어. 부적을 감은 화살로 견제하고 검으로 처리하더라고. 그거라면 문제없이 쓰러뜨릴 거야."

이쪽은 주위에 용의 반응이 없는 걸 보면 전부 처리했을 것이다.

토벌을 마치고 안심하고 있을 때 하늘에서 익룡이 떨어진 거겠지.

이것 참, 정말로 내가 실수했네.

그렇게 오그와 이야기를 나누니 시실리가 말을 걸었다.

"저기, 여기서 이야기할 게 아니라 리판 씨 쪽을 도와주러 가지 않을래요?"

"그렇군. 어쩌면 공격받은 마을이 더 있을지도 모르지. 빨리 마무리한다."

그렇게 오그가 말한 순간.

"응? 통신…… 마크인가?"

무선 통신기의 착신을 알리는 벨이 울렸다.

지금 연락이 온 걸 보면 마크 쪽이겠지.

그렇게 생각하고 통신기를 꺼냈다.

"네. 신입니다."

『아, 월포드 군임까? 마크임다.』

"응, 그쪽은 이제 괜찮아?"

『네. 그 일로 이야기할 것이 있으니 일단 합류한 뒤에 이야기하겠슴다.』

"알았어. 그쪽으로 갈게. 지금 어디에 있어?"

『밍 가의 저택으로 돌아왔슴다.』

"알았어. 그럼 그쪽으로 갈게."

『알겠슴다.』

통신을 마친 나는 오그를 보았다.

"그렇게 됐으니 나는 마크와 올리비아를 데리러 갈게. 너희는 먼저 리판 씨 쪽을 도와줘."

"그래, 알았다."

오그의 대답을 들은 나는 바로 밍 가의 현관 앞으로 게이트를 연결했다.

밍 가의 현관 앞에는 마크와 올리비아, 그리고 샤오린 씨와 언니인 스이란 씨와 융하 부부의 고용인들이 있었다.

그리고 나바르 씨 일행도.

샤오린 씨 이외의 밍 가 사람들은 내가 갑자기 현관 앞에 나타나자 무척이나 놀랐다.

"저, 저기! 이건?"

스이란 씨는 아직 몸이 다 낫지 않았는데도 잔뜩 흥분했다.

그걸 샤오린 씨가 필사적으로 진정시켰다.

뭐…… 용을 토벌하러 갔는데 바로 연락한 데다 바로 눈앞에 나타나기까지 했으니.

그야 상인이라면 그냥 넘어갈 수 없겠지.

게이트에 익숙한 사절단 일행도 이해한다는 식으로 끄덕였다.

얼마 후 스이란 씨를 진정시키는 것에 성공한 샤오린 씨가 다가왔다.

"언니가 갑자기 흥분해서 죄송해요…… 이 마법이 있으면 물류 혁명을 일으킬 수 있다고 흥분하는 바람에……."

"아, 뭐, 그건……."

역시 스이란 씨도 그렇게 생각한 건가.

"언니에겐 이 마법을 쓸 수 있는 건 서방 세계에서도 신 님 일행뿐이라는 사실과 그러기 위해 신 님 일행을 붙잡아 둘 수 없다고 일러뒀습니다."

"번거롭게 해드려 죄송해요."

"아니요! 이건 그저 언니가 제멋대로인 것뿐이니까요. 부디 신경 쓰지 마세요."

"하지만……."

샤오린 씨와 서로 사과하고 있으니 마크에게서 황당하다는 투의 목소리가 들렸다.

"월포드 군, 일단 출발하면 안 됨까?"

"그래요. 빨리 그쪽으로 가지 않으면 안되는 것 아닌가요?"

저쪽은 거의 끝날 것 같았으니 그만 방심하고 말았다.

마크와 올리비아의 지적으로 다시 게이트를 지나려 하자 샤오린 씨가 붙들어 세웠다.

"저기…… 저도 따라가면 안 될까요?"

"샤오린 씨도요?"

샤오린 씨의 요청에 나는 무심코 마크와 올리비아의 얼굴을 보았다.

두 사람 모두 곤란한 표정이었다.

일단 왜 그런 말을 꺼냈는지 물어보기로 할까.

"음…… 용이 있을 텐데…… 굳이 왜?"

"용의 폭주가 한 곳으로 끝날 것 같지 않아요."

아, 확실히 우리도 그런 생각을 했다.

하지만 그것과 샤오린 씨가 따라오는 것이 무슨 관계가 있지?

"용의 서식지는 거의 정해져 있어요. 신 님께서 가신 마을에도 용의 방위 설비가 있지 않았나요?"

"아, 있었어요."

"그건 용의 서식지가 가까이에 있기 때문입니다. 그리고 그런 설비가 있는 마을은 그곳 외에도 몇 곳이 더 있어요."

"하지만 그건 리판 씨도 알지 않나요?"

"리판의 일은 제 호위입니다. 몇 군데는 알지도 모르지만 전부 아는 건 아니에요."

"그러니까 샤오린 씨가 가지 않으면 정확한 수는 알 수 없다는 뜻인가요?"

"맞아요."

흐음…….

그건 확실히 중요한 정보다.

정확한 수와 장소를 알 수 없으면 무턱대고 돌아다니다 시간을 낭비한 끝에 빠뜨린 곳이 나올지도 모른다.

그렇게 될 바에는…….

"샤오린 씨."

"네."

"군이 말할 필요는 없을지도 모르지만 용은 상당히 위험해요. 아까 갔던 마을도 용에게 공격받은 사람들의 잔해가 흩어져 있었어요."

내가 그렇게 말하자 샤오린 씨의 얼굴이 순간 공포로 일그러졌다.

그러나 바로 표정을 고치고서 말했다.

"밍 가는 용 가죽을 취급하는 상회입니다. 용이 얼마나 위험한지는 확실히 알고 있어요. 위험한 행동은 하지 않을 테니 부디 데리고 가주세요!"

샤오린 씨는 그렇게 말한 뒤 깊숙이 고개를 숙였다.

위험하다는 건 알고 있다는 건가.

솔직히 안내가 있으면 고맙긴 하다.

그렇다면.

"현장에 도착하면 바로 방위 시설로 보내드릴게요. 그리고 거기서 한 발짝도 밖으로 나오지 않을 것. 알겠죠?"

"그렇다면……!"

"네. 같이 가죠."

"네!"

마크와 올리비아만 데리고 갈 예정이었는데.

뭐, 이런 상황이라면 어쩔 수 없지.

그렇게 생각해 게이트를 요새 위로 다시 열고서 지나가려 하자 샤오린 씨가 불쑥 중얼거렸다.

"그리고…… 신경쓰이는 소문도 있으니까요."

신경쓰이는 소문?

뭘까?

그러고 보니 마크의 보고도 아직 듣지 못했는데 요새에 도착하면 물어볼까.

그렇게 우리는 밍 가를 뒤로했다.

샤오린 씨를 데리고 게이트를 지나 마을 방위 시설의 벽 위에 도착했다.

"굉장해…… 정말로 마을 방위 시설이잖아……."

전에 온 적이 있는지 샤오린 씨는 주위를 둘러보며 그렇게 중얼거렸다.

하긴, 용 가죽을 다루는 상회의 사람이니까.

용 가죽의 생산지인 마을에 온 적은 있겠지.

역시 샤오린 씨를 데리고 온 것은 정답이었는지도 모른다.

"샤오린 씨. 우리는 다른 사람들을 도우러 갈 테니 여기서 움직이지 마세요."

"네. 알겠습니다."

샤오린 씨의 대답을 들은 나는 벽 위에서 색적 마법을 전개해 사람과 용이 모인 곳을 찾았다.

그러자.

어느 방향에서 커다란 폭발음이 울렸다.

"이건!"

그 방향을 색적해보니.

"월포드 군! 이거 마물이 됐습다!"

"그런 모양이네."

마물이 된 용의 마력을 감지했는데, 방금 폭발음으로 볼 때 아마 오그 일행이 있는 방향일 것이다.

"어떻게 할까?"

"저는 일단 가보고 싶습다."

"모처럼 왔는데 아무것도 하지 않는 것도 미안하니까요."

일단 마크와 올리비아에게 물어보니 현장으로 가고 싶다고 했다.

도와주러 왔는데 벌써 끝났다고 하면 굳이 올 이유가 없으니까.

"하지만 이미 끝났을지도 몰라."

"그래도 가보고 싶습다."

"그래. 그럼 일단 저쪽과 합류하자."

"알겠습다!"

"네!"

우리는 제트 부츠를 기동해 벽 위에서 현장을 향해 날았다.

그렇게 현장에 도착하니 린이 마물이 된 용의 목을 베던 참이었다.

"뭐야. 결국 린도 참수하잖아."

"음? 월포드 군?"

"나보고 참수를 좋아하네, 마네 했으면서 자기도 그러잖아."

"이건 어쩔 수 없음. 전하의 요청."

"오그가?"

"소재가 상하지 않도록 처리하는 방식을 주문했어."

"아, 그렇구나."

내가 용의 목을 벤 것은 예전에 식량을 구하기 위해 동물을 사냥했을 때의 버릇.

목을 베는 것이 소재를 제일 깔끔하게 남길 수 있으니까.

이번에 사냥한 용도 그 가죽을 회수할 것이다.

특히 마물이 된 용의 가죽은 일반적인 용 가죽보다 훨씬 튼튼할 것 같으니까.

"그런데 제법 늦었군."

린과 이야기를 나누고 있을 때 오그가 말을 걸었다.

"네가 꾸물거리는 사이에 마을을 습격한 용은 전부 토벌했다."

"죄송합니다, 전하."

"죄송해요."

늦게 온 마크와 올리비아가 그렇게 사과했는데, 딱히 사과할 필요는 없지 않나?

"딱히 빈 부부가 사과할 일은 아니다. 너희는 다른 일을 해주었으니까."

"부, 부부……."

"그러니까 전하! 아직 부부가 아니에요!"

"그건 넘어가고……."

"넘어가지 말고요!"

"어째서 늦었지? 무슨 문제라도 있었나?"

"무…… 무시당했어……."

올리비아가 애석한 표정을 하지만 이제 곧 그렇게 불리게 될 것도 시간문제니 딱히 상관없을 것 같은데.

아, 그것보다.

"마크와 올리비아는 바로 합류했지만 예정 외로 데려온 사람이 있어."

"추가로?"

"응. 샤오린 씨가 꼭 데려가 달라고 부탁했거든."

"아, 아가씨께서?!"

내 말을 들은 리판 씨가 경악의 목소리를 냈다.

그야 그렇겠지.

전장의 최전선에 전투원이 아닌 아가씨를 데리고 왔으니까.

"이, 이유가 뭐지?!"

"이번에 습격의 보고가 있던 건 이 마을이었지만 용이 대량 발생한 장소는 이 마을만이라고 할 수는 없잖아요."

"그, 그렇긴 한데."

"원래 이 마을의 용을 토벌한 뒤에 다른 마을을 돌아보려 했는데, 샤오린 씨가 용의 서식지에 가까운 마을의 위치를 파악하고 있다고 했거든요."

"그래서 데리고 온 건가?"

"응. 용의 서식지에 가까운…… 다시 말해 용 사냥이 생업인 마을에는 이곳처럼 방호 시설이 있다는 모양이야. 거기서 절대 나오지 않겠다는 약속을 하고 데리고 왔어."

내가 말하자 오그는 알겠다는 듯이 고개를 끄덕였다.

"그렇군. 막무가내로 돌아다니는 것보다 그편이 효율적이 겠어."

"그런 이야기를 한 뒤에 샤오린 씨를 요새에 두고 이쪽으로 오느라 늦었어."

"상황은 알겠다. 그럼 용 사냥도 끝났으니 일단 요새로 돌아갈까."

오그의 말에 우리는 요새로 돌아갔다.

이제는 마을에 용의 기척이 없으니 우리는 평범하게 요새에 설치된 문을 열어달라고 부탁한 뒤 안으로 들어갔다.

그러자 안으로 피난했던 사람들이 우리를 환영해주었다.

"신 님!"

그런 마을 사람 사이에서 방금 데리고 온 샤오린 씨가 이쪽으로 다가왔다.

"여러분도 무사하셨군요."

샤오린 씨는 오그 일행을 보며 안도했다.

"마물이 됐어도 초식룡 정도는 쉽지!"

"여유."

앨리스와 린이 샤오린 씨에게 당당한 표정을 보였다.

샤오린 씨는 약간 굳어진 표정이었다.

"오히려 신이 하늘에서 익룡을 떨어뜨렸을 때가 더 위험했지."

"미안하게 됐네!"

마리아 녀석, 한동안 이걸로 놀리겠네.

"이…… 익룡이요?"

응? 샤오린 씨가 경악과 기대가 섞인 표정을 했다.

"네. 신 님이 일제히 격추했습니다. 그게 저희의 바로 위였던 탓에……"

"익룡이 떨어졌소이다."

"미안하다니까!"

토르와 율리우스까지?!

예상 밖의 공격에 놀라던 중에 샤오린 씨가 흥분한 듯이 내게 바싹 다가왔다.

"저기! 신 님!"

"네?"

"저…… 토벌한 익룡의 손상 정도는……"

"아, 전부 이마를 뚫었는데 하늘에서 떨어졌으니까……"

몸 쪽 가죽은 어떻게 됐을까?

자세하게 보지 않았으니까 잘 모르겠네.

그렇게 생각하니 토니와 유리가 앞으로 나섰다.

"회수해뒀으니, 볼래?"

"얼핏 봐선 상처는 없는 것 같았어~."

그렇게 말하며 이공간 수납으로 회수한 익룡을 꺼냈다.

"이, 이렇게나 많이?!"

샤오린 씨는 이번에도 경악했다.

그렇게 희귀한 걸까?

당황하는 우리 옆에서 샤오린 씨는 흥분한 듯이 익룡을 조사했다.

"날개에 상처가 없어…… 이건 극상품!"

샤오린 씨는 무척 기뻐했다.

"신 님!"

"으엇?! 네?!"

그리고 그 표정으로 나를 보며 빠르게 거리를 좁힌다.

까, 깜작이야…….

"이거! 이 익룡도 포함해 사냥한 용을 전부 팔아주시겠어요?!"

"네? 아, 뭐, 그건 상관없는데요."

"정말인가요?! 감사합니다!"

와, 샤오린 씨가 엄청나게 기뻐하네.

"저기, 익룡이 그렇게 희귀한가요?"

"익룡 자체는 희귀하지 않지만 사냥하려면 꽤…… 그리고 날개에 상처를 주지 않고 사냥하기도 어려워서……."

하긴, 하늘을 날고 있으니까 사냥하려면 먼저 날개를 노리겠지.

"익룡 가죽은 몸보다 날개의 가치가 높아요. 얇은 데다 튼튼하니까요. 다만 지금 말한 것처럼 사냥하는 수도 적고 대부분은 상처가 있기 마련입니다."

"아, 그럼 이건……."

"네! 상처도 없는 데다 이만한 양! 이런 건 본 적 없어요!"

그렇구나.

그럼 샤오린 씨가 흥분하는 것도 이해가 된다.

"그럼 서둘러 가격을……."

"샤오린 씨. 미안하지만 그건 돌아간 뒤에 해주겠나?"

오그가 익룡을 포함한 용의 가격 흥정에 들어가려 한 샤오린 씨를 말렸다.

"네? 아! 죄, 죄송합니다! 그만 상인의 피가 끓는 바람에……."

지금까지 본 적 없는 양의 극상품 익룡 가죽을 봤으니 어쩔 수 없겠지.

흥분한 나머지 다른 생각을 할 수 없었겠지.

샤오린 씨가 이곳에 온 것은 용 가죽을 사기 위해서가 아니라 우리를 용의 서식처에 가까운 마을로 안내하기 위해.

그것을 떠올린 샤오린 씨는 오그에게 사과했다.

"아니, 사정을 들으니 무리는 아닌 것 같군. 하지만 지금은 먼저 해야 할 일이 있으니."

"네…… 무리하게 요청을 드려 따라왔는데…… 정말 실례했습니다."

"상관없다. 그것보다 서둘러 다음 장소로 가고 싶은데."

"알겠습니다. 지도를 보여주시겠어요?"

샤오린 씨의 말을 듣고 나올 때 빌렸던 지도를 가까운 탁자 위에 펼쳤다.

샤오린 씨는 그 지도를 보며 지도 위에 몇 군데를 표시했다.

"이 주변에 있는 용 서식지는 여기, 여기, 그리고 여기입니다."

"흠. 그 서식지 근처에는……."

"네. 용을 사냥하기 위한 거점인 마을이 있어요."

샤오린 씨의 설명을 듣고 지도 위의 표시를 보았다.

"제법 머네요……."

시실리가 지도 위의 표시를 보고 솔직한 감상을 말했다.

확실히 나도 그렇게 생각한다.

"용은 몸이 크고 용끼리 집단을 이루고 있으니까요. 서식지 하나하나가 상당히 큽니다."

그렇구나.

그래서 거점인 마을이 이렇게 멀구나.

그나저나 광대한 서식지라…….

"그럼 예상보다 수가 더 늘었을 가능성이 있겠군……."

"아마도요. 하지만 중요한 것은 사람이 사는 곳입니다. 서식지에서 지나치게 늘어난 용은 다시 조금씩 사냥하면 되니까요."

"우선 인적 피해를 최소화 하는 것이 최우선인가."

"그렇게 해주시면 감사합니다."

오그와 샤오린 씨가 이야기를 정리한 모양이다.

"좋아. 그럼 서둘러 가까운 곳부터 돌아볼까. 샤오린 씨, 안내를 부탁하지."

"네! 맡겨주세요!"

"이제 갈 거야?"

"그래. 신, 다시 부탁한다."

"알았어."

오그의 요청을 받았으니 모두에게 부유 마법을 걸었다.

"아앗!"

"크윽! 또!"

샤오린 씨는 놀란 것 같지만 무서워하는 것 같지는 않다.

반면 리판 씨는…… 미안하지만, 좀 참아줘.

"시실리, 미안하지만 샤오린 씨를 부탁해도 될까?"

"네, 알겠어요."

샤오린 씨는 여성이니 여성에게 맡기는 게 좋다고 생각해 시실리에게 부탁했다.

그렇게 됐으니.

"리판 씨는 이번에도 저랑 이동해요."

"……."

우와…… 무뚝뚝한 리판 씨가 무어라 말할 수 없는 괴로운 표정을 하네.

"그럼 간다!"

『네!』

오그의 호령으로 모두가 바람 마법을 기동해 이동을 시작했다.

"와아!"

시실리의 손을 잡은 샤오린 씨가 즐거워했다.

리판 씨는…….

"으아아아!"

……도착할 때까지 토하지 않고 버텨주려나?

아…… 마크의 이야기가 무엇인지 깜빡했다.

어쩔 수 없지. 이동하면서 물어볼까.

"흠, 이번 일은 하오가 책임을 지게 될 것 같다고……."

"네."

샤오린 씨의 안내를 받으며 다음 마을로 이동하는 중에 마크가 유황전에서 있었던 일을 이야기해주었다.

듣자니 이번에 용이 마을을 습격한 책임은 용을 보호하는 법안을 입안한 하오에게 있다는 흐름이라고.

그야 그렇겠지.

용의 개체 수가 적어졌으니 보호하자는 법안이었는데, 고작 2년 만에 용이 마을을 습격할 정도로 많아졌으니까.

그 법안을 입안할 때 첨부했을 용의 개체 수 조사 보고도 허위였을 가능성이 크다.

그보다 샤오린 씨의 이야기로 볼 때 분명 허위 보고일 것이다.

"그나저나…… 이렇게 될 걸 예상했을 텐데, 어째서 그런 법안을 입안한 거지?"

내가 그렇게 의문을 말하자 다른 이들도 끄덕였다.

우리는 오그와 토르, 율리우스와는 다르게 정치에 밝지 않다.

그런 우리조차 아는 사실을 이 나라의 관료 중에서도 지위가 높은 하오가 몰랐을 것 같지는 않다.

어떻게 된 건지 알 수 없어 하자 샤오린 씨가 입을 열었다.

"그 일에 대해…… 하오에 관한 소문을 들은 적이 있습니다."

"소문?"

"네."

뭘까?

이번 일과 연관된 일일까?

"샤오린 씨. 그 소문이라는 걸 말해주겠나?"

"네, 전하. 그 소문이란…… 하오가 개인적으로 유적을 발굴해 상당히 강력한 무기를 손에 넣었다는 것입니다."

"호오……."

샤오린 씨의 말을 들은 오그의 눈이 가늘어졌다.

"하지만 어째서 소문이지? 사실 확인이 되지 않은 건가?"

"쿠완롱에서는 유적에서 발굴한 무기는 일단 전부 나라에 보고할 의무가 있습니다. 하지만……."

"하오가 발굴했다는 무기는 보고되지 않았다는 건가."

"네. 그래서 소문에 불과하지만……."

"어디선가 그 정보가 새어나온 건가?"

"그런 게 아닙니다."

응? 정보가 새어나온 게 아닌데도 소문이 퍼졌다고?

"무슨 말인가요? 그런데도 어떻게 소문이 퍼진 거죠?"

영문을 알 수 없어 오그와 샤오린 씨의 대화에 끼어들었다.

"하오의 저택에 비밀리로 물건이 운반된 것을 본 사람이 있었는지 거기서 소문이 퍼졌습니다."

그야 그런 장면을 목격하면 여러모로 의심을 받겠지.

하지만 얼핏 봐도 남몰래 운반했다고 여겨진다는 건······.

"그 짐이 상당히 컸나요?"

"그렇다고 해요. 그래서 강력한 무기가 아니겠냐는 소문이 있어요."

역시나.

"그렇군. 그 소문이 사실이라면 그 무기가 있기에 그 법안을 통과시켰다는 뜻인가."

"무슨 말이에요, 전하?"

나는 이해했지만 앨리스는 이해하지 못했는지 오그에게 물었다.

"그러니까 용이 어느 정도 늘어나도 그 무기를 사용해 비밀리에 수를 줄일 생각이었겠지. 그러니 이런 무모한 법안을 입안한 거다. 하지만······."

"결국 용의 개체 수 조절은 실패했고 하오의 대처는 때를 맞추지 못했다는 뜻입니다."

오그의 설명을 토르가 보충했다.

그 설명을 들은 앨리스는 황당한 얼굴을 했다.

"하아…… 뭐랄까, 굉장한 얼간이 아니야? 그 사람."

……앨리스까지 이런 소리를 할 정도면 말 다한 거지.

"원래는 어떤 연락이 오도록 준비했겠지. 그러나 그것이 잘 기능하지 않았을 거다."

"아무리 그래도 이렇게까지 방치해두는 건 아니지 않아? 중간에 사냥을 했다면 좋았을 텐데."

마리아가 불만스럽게 말했지만 그럴 수 없었을 것이다.

"그건 무리일 거다. 자신이 주도한 법안이니까."

"아, 그렇구나. 용을 사냥하면 안되는 법안……."

"계획이 드러나지 않도록 용의 개체 수가 아슬아슬해질 때까지 섣불리 행동할 수 없었겠지. 말 그대로 스스로의 목을 죄는 결과가 된 셈이다."

확실히 하오의 자업자득이다.

"이걸로 하오는 확실히 실각하겠지. 그렇게 되면 쿠완롱과의 교섭도 막힘없이 진행될 거다."

"하지만 전하. 나바르 씨가 그런 녀석은 끈질기니 조심해야 한다고 말했는데요……."

아, 마크는 나바르 씨의 호위를 맡았었지.

그 나바르 씨가 한 말이니 경계해둬야 할 것이다.

하지만.

"뭐, 괜찮지 않을까?"

나는 불안해하는 마크에게 그렇게 말했다.

"신의 말이 맞다. 걱정할 것 없다."

오그도 내 말에 동의했다.

"정말인가요? 솔직히 하오가 그렇게 간단히 실각할 것 같지는 않습니다만."

나와 오그의 말에 샤오린 씨가 불안한 듯이 물었다.

"뭐, 그렇게 걱정하지 않아도 각 마을을 돌고 나면 알 거예요."

"그렇지. 그러니 샤오린 씨, 안내를 잘 부탁한다."

"네……."

"아, 그리고."

오그는 거기서 말을 끊고 샤오린 씨를 가만히 바라보았다.

"앞으로 그런 정보는 빨리 말해줬으면 좋겠군."

오그는 옆에서 듣는 이쪽까지 오싹해질 만큼 차가운 목소리로 그렇게 말했다.

오그 녀석, 아직 샤오린 씨를 신용하지 않았구나.

그것이 전해졌는지.

"……네."

샤오린 씨는 기어들어가는 목소리로 간신히 그렇게 대답했다.

리판 씨는.

"……읍."

……입을 막고 있었다.

"보이기 시작했어요. 저기입니다."

한동안 부유 마법으로 이동한 뒤 샤오린 씨가 앞쪽을 가리키며 말했다.

그 얼굴엔 그다지 활기가 없었다.

오그의 말이 꽤 무거웠겠지…….

하늘을 날기 시작했던 때는 즐거워 보였지만, 오그의 말을 들은 이후는 확실하게 침울해졌다.

조금 불쌍하지만 하오가 강력한 무기를 숨기고 있을지도 모른다는 정보를 숨기고 있었으니까 어쩔 수 없지.

하지만, 어째서 그런 중요한 정보를 숨기고 있었을까?

……그건가?

내가 무기의 부여를 보고서 흉내내면 곤란하다는 식의 생각일까?

하지만 소문이라 말하지 않아도 괜찮다고 생각했더니 이번 사태가 벌어졌다.

그래서 뒤늦게 정보를 밝힌 걸까?

확실히 이전 문명의 무기에 부여된 문자가 한자인 이상, 내가 보면 알 수 있을지도 모른다.

하지만 그런 무기는 만들지 않기로 했는데…….

역시 만난 지 얼마 안됐으니 신용하지 않았던 거겠지.

오그도 샤오린 씨를 신용하지 않았던 모양이고.

하긴, 나처럼 정체를 알 수 없는 지식을 지닌 사람을 간단히 신용할 수는 없으려나.

……생각하니 슬퍼지네.

오그의 경우 왕족이니 그리 간단히 사람을 신용하지 않을 것이다.

그건 지당하다…… 어라?

"……뭐냐, 신. 사람 얼굴을 빤히 바라보고."

"응? 어, 아니……."

오그가 수상하다는 눈으로 나를 바라보자 나는 오그에게 다가가 작은 목소리로 말을 걸었다.

"오그는 지금까지 샤오린 씨를 신용하지 않았구나."

"당연하지."

"그건 역시 만난 지 얼마 안 됐으니까?"

"그것도 있다만……."

"하지만 나하고는 바로 친해지지 않았어?"

내가 그렇게 말하자 오그는 무슨 말을 하려는지 이해했다는 표정을 했다.

"네 이야기는 아버님께 자주 들었으니까 처음 만난 것 같지 않아. 그리고 영웅 멀린 님의 손자니까."

"아, 그렇구나."

"그것 외에도 저 여자는 이쪽을 의심했었으니까. 그런 의혹을 받으면 기분이 좋지 않잖아?"

오그는 그렇게 말하며 이야기는 이걸로 끝이라는 식으로 앞을 보았다.

……그때 의혹을 받은 건 나였는데?

그래서 화가 났다는 거야?

어? 그런 거야?

내가 무어라 말하기 어려운 심경이 됐을 때, 뒤에서 앨리스와 린이 소곤소곤 이야기하는 것이 들렸다.

"전하고 신 군, 수상하지 않아?"

"이건 중대 사안. 에리에게 보고가 필요."

"거기! 이상한 생각 말라고!"

최근 에리가 그런 쪽으로 나를 수상히 여기는 일이 없어졌는데, 다시 불을 지필 소리 말라고!

"바보 같은 소리 말고 집중해. 이제 곧 도착이야."

마리아의 말에 정신을 차리고 앞을 보았다.

샤오린 씨가 알려줬을 때는 작게 보였던 마을이 바로 앞까지 다가왔다.

"오, 위험해라. 지나칠 뻔했네."

"정신 차려야지."

"미안."

마을 위에 도착하고 마을을 내려다보았다.

……아직 마을은 괜찮네.

"아무래도 늦지 않은 것 같군. 아래로 내려간다."

오그의 말로 나는 부유 마법의 고도를 낮췄다.

이동은 각자 하지만 이착륙은 내가 없으면 안 되니까.

그렇게 마을 입구 앞으로 내려가자 문지기로 보이는 사람이 멍한 표정으로 우리를 보고 있었다.

그야 그렇겠지.

하늘에서 사람이 내려온다면 이런 반응을 하기 마련이지.

괜히 놀라게 했다고 반성하고 있으니 샤오린 씨가 마을 문지기에게 달려갔다.

그녀로서는 문지기를 저대로 둘 수 없었을 것이다.

샤오린 씨가 사정을 설명하자 문지기는 멍했던 얼굴이 놀란 표정으로 바뀌고는 마을 안으로 뛰어 들어갔다.

어라? 혹시 기다려야 되는 거야?

어쨌든 샤오린 씨에게서 사정을 들어보자.

"샤오린 씨, 무슨 일인가요? 아직 가면 안 되나요?"

"그게…… 마을의 책임자에게 확인하겠다고 해서…… 돌아올 때까지 여기서 움직이지 말라고 했어요."

샤오린 씨의 말에 앨리스가 화를 냈다.

"뭐?! 지금 그런 느긋한 소리를 할 때야?!"

"그러게요. 상황을 모르는 걸까요?"

어쩐 일인지 시실리까지 뾰로통해졌다.

방금 마을에서 시신이 흩어진 모습을 봤으니까 한시라도 빨리 상황을 확인하러 가고 싶겠지.

그런 사람이 볼 때, 방금 문지기가 보인 반응은 상황을 파악하지 못하고 느긋하게 구는 것처럼 보였을 것이다.

그보다 샤오린 씨는 이 마을에도 온 적이 있을 테니 그녀의 말이라면 신용할 수 있을 텐데.

역시 그건가?

그 법안이 있으니 용의 습격이 사실이라 해도 정말로 용을 사냥해도 괜찮은지 확인하러 갔겠지.

긴급 사태가 벌어졌을 땐 어떻게 하려나?

대처하기 전에 상관에게 확인을 받으러 가려나?

그런 생각을 하고 있으니 방금 문지기가 어떤 남성을 데리고 돌아왔다.

복장을 보니 유황전에서 본 관료의 옷과 비슷했다.

이 마을에 상주하는 관료인가?

그렇게 생각하고 있으니 그 남성이 샤오린 씨에게 어떤 말을 했다.

"무슨?!"

샤오린 씨는 깜짝 놀란 뒤 그 관료로 보이는 남자에게 무어라 항의했다.

그러나 그 남자는 고개를 저을 뿐 전혀 받아주지 않았다.

뭐지?

"샤오린 씨, 왜 그래요?"

"그, 그게……."

내가 말을 걸자 샤오린 씨는 상당히 말하기 껄끄러운 듯이 말했다.

"용이 통제 불가능할 정도로 늘어나 사냥해서 수를 줄이겠다고 말했는데…… 허가할 수 없다고……."

"어?"

그게 뭐야?

그렇게 생각하고 관료 남자의 얼굴을 보았다.

그 얼굴은…… 확연하게 이쪽을 깔보고 있었다.

"샤오린 씨. 이 사람은 공무원인가요?"

"네, 맞아요. 이 마을에 상주하는 공무원입니다."

"……혹시 하오의 입김이 닿은 사람일까?"

내가 그렇게 말하자 샤오린 씨는 잠시 생각한 뒤 대답했다.

"확증은 없습니다만, 아마도……."

흠, 그렇구나.

그렇다면 이 녀석이 용이 대량 발생할 징조가 보일 때 연락하는 담당자일까?

그보다 각 마을에 하오의 입김이 닿은 사람이 없으면 연락망이 기능하지 않겠지.

그렇다면 용의 수가 늘어난 사실이 하오 이외의 인간에게 알려지면 곤란하다고 생각하겠네.

그래서 용을 사냥하는 걸 허가할 수 없다는 건가.

"샤오린 씨. 미안하지만 통역해주겠나?"

어떻게 대처할지 고민하고 있으니 오그가 앞으로 나서 샤오린 씨에게 통역을 부탁했다.

오그가 교섭한다니 우리가 나설 일은 없겠네.

나는 얌전히 오그의 뒤로 물러났다.

주위를 둘러보니 다들 기대에 찬 눈으로 오그를 보았다.

"나는 서쪽 대사막 지대 너머에 있는 알스하이드 왕국의 왕태자, 아우구스트 폰 알스하이드다. 귀공은?"

샤오린 씨가 통역하자 공무원의 눈이 커졌다.

그리고 설명을 요청했는지 샤오린 씨가 무언가 말하자 그제야 이해한 듯했다.

『나는 이 마을의 관리자다. 그래서, 다른 나라의 왕태자가 무슨 권한으로 이곳에 있지?』

"권한? 권한은 없지. 우리가 여기에 있는 것은 어디까지나 인도적 지원이니까."

오그의 그 말을 들은 공무원은 조롱하듯 웃었다.

『인도적 지원? 그런 건 이 마을에 필요 없다.』

"흠, 그런가. 하지만……."

『뭐지?』

"저기 문지기에게 듣지 못했나? 우리가 어떻게 이 마을에

왔는지를."

『……아, 듣자니 하늘을 날아왔다지. 하찮은 농담이군.』

"안타깝게도 사실이다. 이봐, 신."

타인과 대화하던 오그가 이쪽을 보았다.

사전에 합의된 내용은 아니지만 부유 마법을 걸어달라는 부탁으로 해석해서 오그에게 부유 마법을 걸었다.

『어……? 뭐어?!』

아, 지금의 말은 통역하지 않아도 알 수 있었다.

일단 공무원을 놀라게 했으니 부유 마법을 풀었다.

"보다시피 하늘을 날아온 것은 사실이다."

『…….』

공무원은 아직 경악이 가시지 않는 듯했다.

빨리 정신을 차리지 않으면 오그의 원사이드 게임이 될 텐데?

"그리고 여기에 오기까지 하늘에서 이 주변의 모습을 확인했다만……."

오그는 거기서 말을 끊고 깊은 한숨을 내쉬었다.

"상당한 수의 용이 이 마을을 향해 다가오는 것을 목격했다."

『뭐……?!』

"그리고 실은 여기에 오기 전에 다른 마을에도 들렀다만……."

『…….』

공무원은 꿀꺽 침을 삼키고 오그의 말을 경청했다.

아…….

"비참하다고 밖에는 할 수 없더군. 먹다 남은 인간의 파편, 습격을 받아 여기저기서 들리는 사람들의 비명…… 정말 지옥이었지."

……그랬던가?

오그의 말에 고개를 갸웃하는 우리와는 다르게 공무원과 문지기의 얼굴은 창백해졌다.

홀라당 넘어갔네.

"이 마을에 도착했을 때 아직 습격당하지 않아 무척 안심했다. 다시 그 지옥과 같은 광경을 보게 될 거라 생각했으니 말이야."

오그의 설득은 계속됐다.

"이 마을이 용들의 먹이가 되게 놔둘 수는 없다. 도와주지 않겠나?"

오그의 말을 들은 공무원은 아까까지의 태도와는 다르게 진지하게 생각에 잠겼다.

잔뜩 겁을 줬으니 생각이 많아졌으리라. 대부분 거짓말이었지만.

그리고 생각이 정리됐는지 공무원이 입을 열었다.

『……역시 허가할 수 없다. 용을 보호하는 법안이 시행되고 있다. 그 말만으로 법안을 어길 수는……』

음, 제법 버겁네.

그만큼 하오가 무서운 걸까?

오그는 그런 공무원의 마음을 알아차렸는지 확실한 말을 꺼냈다.

"안타깝게도 그 법안은 폐지될 거다. 하오 씨는 이번 사태로 그 법안을 입안한 책임을 지게 될 거라더군."

『뭐?! 하오 님이?!』

하오 님이라니…… 역시 이 녀석은 하오의 입김이 닿은 사람인가.

"그렇게 됐다. 어쩔 거지? 지금 유황전에서는 용이 대량 발생한 이 사태를 국가적 재난으로 보고 있다. 그것을 일으킨 하오는 국적이라는 인식이지. 어디에 가담하는 것이 좋을지…… 알고 있겠지?"

……사기꾼이다.

우리는 거짓말을 줄줄 늘어놓는 오그를 바라보았지만 공무원은 그럴 때가 아니었다.

이 마을 사람과도 면식이 있는 샤오린 씨가 신원을 보장한 타국의 왕태자.

그런 왕태자의 말이라면 의심하지 않고 믿을 것이다.

깊이 생각한 뒤 공무원은 천천히 입을 열었다.

『알았다. ……허가하지.』

그 말을 들은 오그는 미소를 지었지만, 눈은 웃지 않았다.

"그렇군. 현명한 판단을 한 것 같아 다행이다. 그럼 부탁이 있다만."

『부탁?』

"그래. 우리는 지금부터 지나치게 늘어난 용을 사냥하러 갈 건데…… 알다시피 용의 서식지는 범위가 넓다. 빠짐없이 처리할 생각이지만, 만약이라는 게 있지. 이 마을 주위로 병사를 포진해주겠나?"

『그건 상관없다만…… 우리는 싸우지 않아도 괜찮겠나?』

"상관없다. 우리는 하늘을 날 수 있으니까 우리끼리만 하는 편이 편하지."

『그렇군…….』

아마도 오그는 방해만 되니 필요 없다고 생각했겠지만 그것을 직접 말해버리면 문제가 생길 것이다.

그래서 방금 보여준 부유 마법을 빌미로 공무원을 설득했다.

참 능구렁이 같다니까.

"그럼 우리는 서둘러 용을 처리하러 가지. 샤오린 씨, 마을 요새로 피난해다오."

"네. 알겠습니다."

"그럼 이만 가지."

오그가 그렇게 말하고 나는 다시 부유 마법을, 이번엔 모두에게 걸었다.

"으…… 저, 전하."

그런 상황에서 여전히 힘겨운 표정을 한 리판 씨가 오그에게 말을 걸었다.

"왜 그러지?"

"미안하지만 나는 도구가 없이는 마법을 쓸 수 없다. 솔직히 방해만 될 텐데……."

……아, 리판 씨는 방금 오그가 한 말을 진짜로 받아들였구나.

"미안하군. 방금 한 말은 저 공무원을 설득하기 위한 방편이었다. 실제로는 땅으로 내려가 싸울 테니 안심해라."

"아, 그, 그런가……."

지상에서 싸운다고 하니 리판 씨의 얼굴에서 긴장이 조금 풀렸다.

그나저나 방편이라.

"아까 그 방편을 남용하던데. 그래도 괜찮아? 그렇게 거짓말을 하다니."

내가 오그에게 그렇게 말하자 그는 훗 하고 웃었다.

뭐야, 그 웃음은. 짜증나는데?

"거짓말이 아니었어."

"아니, 대부분 거짓말이었잖아!"

"거짓말이 아니다. 실제로 보지는 않았지만 이 주위에 은근히 큰 마력 반응이 다수 있는 것은 확인했으니까."

"그건 나도 확인했는데…… 그럼 여기에 오기 전 마을에 관해 말한 건?"

"그것도 우리가 보지 않았을 뿐, 실제로 그런 상황이었을 것은 분명하지."

"……하오는? 아직 국적이 된 건 아니잖아."

"「아직」은 말이지. 조만간 그렇게 될 거다."

……황당해서 말이 안 나온다.

전부 예상과 상상에 불과하다.

하지만 듣고 보니 그런 것 같다.

이 녀석은 정말…….

"쓸데없이 시간을 보냈군. 서둘러 이곳 서식지의 용을 토벌하고 다음 마을로 간다."

"그, 그래. 알았어."

"모두에게 말해두지. 우리가 노리는 것은 육식룡뿐이다. 초식룡은 최대한 피해라. 그리고 섬멸해선 안돼. 육식룡이 전혀 없으면 그것대로 곤란해지니까."

먹이사슬.

초식룡이 너무 늘어나면 숲과 초원이 사라진다.

"이해했겠지? 그럼…… 산개!"

오그의 신호와 함께 일제히 용이 있는 곳으로 흩어졌다.

그런 상황에서 나는…….

"리판 씨. 제가 용의 마력이 있는 곳까지 안내할 테니 따라오세요."

"그래, 알았다."

색적 마법을 쓸 수 없는 리판 씨와 함께 행동하기로 했다.

자, 그럼 나도 가볼까.

"아, 리판 씨. 저기에 있네요."

"알았다."

나는 리판 씨를 데리고 용으로 여겨지는 마력 반응이 있는 곳까지 이동했다.

뭔가 상당한 수가 모여 있는데…….

그렇게 생각하며 그곳에 도착하니 예상했던 광경이 펼쳐져 있었다.

"역시나."

그곳엔 사족 보행인 용이 무리를 지어 풀을 먹고 있었다.

초식룡이다.

"이건 사냥 대상이 아니네요."

나는 그렇게 말하고 마력을 모아 용들의 눈앞에 어떤 마법을 사용했다.

『크이잉!』

초식룡을 포위하듯 갑자기 나타난 거대한 불꽃 벽.

그 마법에 초식룡들이 놀라 커다란 비명을 지르며 도망쳤다.

불꽃 벽 일부분에 틈을 열어두었기 때문이다.

용들은 내가 원하는 대로 그 틈으로 빠져나가 그대로 도망쳤다.

그 방향은 용의 서식지.

마을 근처였기 때문에 서식지 안쪽으로 유도한 것이다.

초식룡이 근처에 있다면 그것을 노리는 육식룡이 다가올 가능성이 있으니까.

식사 중이었는데 미안하게 됐다고 생각하며 도망치는 초식룡들을 보고 있으니 또 다른 반응이 빠르게 다가오는 것을 알 수 있었다.

"아."

"왜 그러지, 신 님."

"리판 씨, 전투를 준비해주세요."

"……설마."

"네. 저기 오른쪽 숲에서 나올 거예요."

내가 그렇게 말한 직후였다.

『크아아아!』

마물이 된 폭군룡보다는 작은 이족 보행 육식룡이 도망치는 초식룡을 향해 돌진했다.

어쩐지 한 마리만 떨어져 있는가 싶었는데, 식사 중인 초식룡을 노리고 있었구나.

"……."

리판 씨는 내가 말한 방향에서 육식룡이 나타나자 놀랐지만, 이내 정신 차리고 빠르게 검을 뽑아 전투를 대비했다.

육식룡은 초식룡을 습격했지만 초식룡의 몸집은 육식룡보다 크다.

초식룡은 먹히지 않으려 필사적으로 발버둥 치며 육식룡

에게 저항했다.

그럼에도 육식룡은 어떻게든 초식룡을 물어뜯으려 했지만 혼자인 육식룡에 비해 초식룡은 다수.

공격을 받은 초식룡을 구하기 위해 다른 초식룡이 육식룡을 향해 차례차례 몸을 부딪쳤다.

『갸오오!』

체격에서 밀리는 육식룡은 초식룡들의 반격을 받아 그대로 지면을 굴렀다.

그 틈에 초식룡들은 전속력으로 도망쳤다.

『크르르…….』

힘겹게 일어난 육식룡은 분한 듯이 도망치는 초식룡을 바라보았다.

그 모습은 어딘가 서글펐다.

""…….""

안타까운 광경인 걸…….

하지만 이게 야생일지도.

전생의 지구에서도 육식 동물이 사냥에 성공하는 것은 며칠에 한 번 정도라고 들었으니까.

무서운 이미지가 있는 육식룡이라지만 매번 사냥에 성공할 수는 없을 것이다.

눈앞에 있는 육식룡도 도망치는 초식룡을 포기한 듯했다.

……그리고 우리를 돌아보았다.

"보고 있네요."

"보고 있군."

『크르르…….』

응.

완전히 우리를 노리고 있네.

육식룡은 알 것이다.

몸집은 초식룡에 비해 적지만, 인간이 더 사냥하기 쉽다는 것을.

그리고 대부분의 인간은 용과 만난 순간 사냥당하는 것이 확정된 것이나 마찬가지인 존재다.

어쩐지 용이 기뻐하는 것처럼 보이는걸.

『카아아아!』

그런 생각을 하고 있으니 용이 포효하며 이쪽으로 달려들었다.

표적을 향한 직선 돌진이었다.

"어이쿠."

나는 똑바로 달려오는 용의 앞에 단단한 토벽을 만들었다.

안타깝게도 우리는 얌전히 용에게 먹혀줄 사람은 아니니까.

세차게 돌진한 용은 갑자기 나타난 그 벽에 대응할 새도 없이…….

『케헥!』

머리를 박아 이상한 소리를 냈다.

단단하게 만든 벽은 부서지지 않았고, 그 벽 너머로 육식룡이 쓰러지는 소리가 들렸다.

혹시 모를 상황을 경계하며 벽 너머를 확인하니 머리를 세게 부딪혔는지 육식룡이 움찔움찔 경련하고 있었다.

그것을 확인하는 나는 바람 칼날을 만들어 육식룡의 목을 절단해 숨통을 끊었다.

일련의 상황을 지켜본 리판 씨가 중얼거렸다.

"육식룡을 이렇게 간단히……."

어쩐지 복잡한 표정으로 그렇게 말했지만, 몸집은 커도 마물이 된 것도 아닌 데다 색적 마법으로 미리 어디에 있는지도 알고 있으니 그렇게 어려운 사냥이 아니다.

그러나 리판 씨는 그렇지 않은 듯하다.

"편리하군, 색적 마법은."

사냥당한 육식룡을 보며 리판 씨가 진지하게 말했다.

"저도 신기하네요. 왜 이곳의 사람들은 색적 마법을 쓸 수 없는 거죠? 저희 쪽에선 마법사에게 필수인 기술인데요."

유황전에서 밍 가로 오며 자객의 표적이 됐을 때도 생각했는데, 어째서 아무도 색적 마법의 존재를 모르는 걸까?

리판 씨와 상인의 지식이 풍부한 듯한 샤오린 씨는 물론, 자객들도 몰랐을 것이다.

그렇지 않으면 잠복하면서 그렇게 마력을 훤히 드러낼 리가 없다.

그렇게 생각해 리판 씨에게 묻자 조금 곤란한 표정을 하며 대답해주었다.

"우리에게 마법이란 자신의 몸 안에서 단련하는 것이니까. 불을 뿜거나 물을 만들거나, 이런 식으로 흙으로 벽을 만드는 건 부적을 사용하는 게 상식이다."

"쿠완롱에서는 신체 강화 마법이 주류군요. 그렇다면 방출계 마법을 사용하는 사람은 없는 건가…… 아니, 그럴 리는 없겠죠."

"그래. 당연히 그쪽처럼 부적을 사용하지 않고 마법을 사용하는 자도 있다. 하지만 그건 소수파지."

"그렇겠네요. 그렇지 않으면 부적에 공격 마법의 이미지를 부여할 수 없으니까."

"그렇다. 부적을 사용하지 않고 마법을 쓸 수 있는 자는 부적사가 되는 것이 일반적이다."

부적사?

아, 부적을 만드는 사람 말이구나.

"하지만 방출계 마법을 쓸 수 있는 사람이 전선에 나가는 편이 전법에 유연성이 있어 좋을 것 같은데, 그러지는 않는 건가요?"

"확실히 그렇겠지만, 애초에 마법을 쓸 수 있는 자가 적다. 그렇다면 그런 마법사가 만드는 부적을 마법을 쓸 수 없는 사람이 사용하는 편이 효율적이지."

"그건 그러네요."

"그래서 쿠완롱에서는 예부터 전투에는 부적을 쓰는 것이 일반적이다."

"하지만 그건 병사 모두에게 마도구를 주는 것과 마찬가지잖아요? 그렇게 되면 비용이…… 아, 그렇구나."

이 나라에서는 마석의 가격이 우리 쪽과에 비하면 상당히 저렴하다.

종이도 평범하게 유통되는 모양이니 부적은 마도구만큼 비싸지는 않을 것이다.

그러니 전투에는 부적으로 마법을 대체하게 됐다고.

그래서 쿠완롱의 마법은 신체 마법 강화 방면으로 강해졌다는 건가.

전투원 모두가 마법을 쓸 수 있는 전사.

확실히 강하겠지만…… 그 탓에 폐해가 생겼다.

"마법사는 있지만 전선에 나가지 않는다……. 그렇다면 전투에서 사용하면 편리한 색적 마법을 떠올리지 못하는 것도 당연한 건가……."

"아니, 전선의 병사에게서는 적과 마물, 용들이 어디에 있는지 알 수 있게 해주는 것을 만들어달라는 목소리는 자주 나온다. 실제로 나도 그런 물건이 있었으면 좋겠다고 생각했지."

아, 거기서 생각이 마도구로 흐른 거구나.

마법이 아니라 마도구를 주로 사용한 탓에 자신의 마력으로 상대의 마력을 감지하는 색적 마법이라는 것을 떠올리지 못했다는 거야.

이른바 맹점이었던 거겠지.

"나도 신체 강화 마법은 쓸 수 있지만…… 신 님."

"왜요?"

"아까 색적 마법은 마법사에겐 필수인 기술이라고 했지?"

"네."

"어떤가? 이런 상황이지만 내게 색적 마법을 알려주면 안 될까?"

"지금이요?"

"그래."

음…… 어쩐다.

지금은 한시라도 빨리 마을 근처까지 다가온 용들을 내쫓거나 사냥해야 하는데, 우리만 다른 행동을 하고 있어도 되는 걸까?

이런 상황만 아니면 바로 알려줘도 상관없는데…….

그렇게 고민하고 있으니 리판 씨가 씁쓸한 미소를 지으며 말했다.

"이렇게 말하긴 그렇지만…… 솔직히 이대로는 별 도움이 될 것 같지 않다."

"그렇지는……."

"그런가?"

리판 씨가 그렇게 말한 직후.

멀리 떨어진 곳에서 폭발음이 울렸다.

그것도 여러 곳에서.

"지금의 저 폭발, 신 님은 누가 일으켰는지 아나?"

"네? 음……."

누구지?

육식룡 토벌에 폭발 마법을 쓸법한 사람은 앨리스라든가 린 정도지만 어쩌면 초식룡을 서식지 안쪽으로 몰아넣기 위해 사용한 것인지도 모른다.

누가 사용한 걸까?

"으음……."

"그게 답이다."

"네?"

"저만한 폭발 마법을 사용하는 사람이 누구인지 바로 말할 수 없다니. 그 말은 모두가 저런 마법을 사용할 수 있다는 뜻이겠지?"

"뭐, 그렇죠."

"그렇다면 방금 마법은 신 님 이외의 열한 명이 쓸 수 있다는 뜻."

"맞아요."

"나 하나 빠져도 사태를 해결하는 것에 문제없을 것 같지 않나?"

리판 씨가 없어도 문제없으……려나?

하지만…….

그렇게 고민하자 리판 씨가 결의에 찬 눈으로 나를 보았다.

"물론 이 나라의 문제를 신 님 일행에게만 맡길 생각은 없다. 그런 염치없는 짓을 할 수는 없으니까."

리판 씨는 그렇게 말한 뒤 깊숙이 고개를 숙였다.

"부탁이다! 지금의 나는 쿠완롱을 대표하는 입장이다. 그런 내가 짐이 될 수는 없다!"

"리판 씨……."

그렇구나. 지금 용에게서 마을을 지키려는 우리는 외국인. 이 나라 사람은 리판 씨뿐이다.

리판 씨는 이 전투에서 공적을 세우고 싶은 것이다.

"알겠어요. 다행……이라고 말해도 되는 건지 모르겠지만, 지금은 주위에 용이 많은 상황이에요. 이 기회에 색적 마법을 알려줄게요."

내가 그렇게 말하자 리판 씨는 고개를 퍼뜩 들고서 내 손을 붙잡았다.

외모처럼 투박한 손이네.

"감사한다, 신 님! 이 자리에서 색적 마법을 습득해 다음 서식지에서는 도움이 되겠다고 약속하지!"

"네. 힘내자고요."

이렇게 나는 일단 사냥을 모두에게 맡기고 리판 씨에게 색적 마법을 알려주게 됐다.

"그나저나 일이 어떻게 흘러갈지는 모르는 법이네요. 설마 마석을 쉽게 얻을 수 있는 것이 이런 상황을 만들어 낼 줄은 생각도 못했어요."

"그렇군. 나도 솔직히 서방 제국에서는 마법이 방출계가 메인이라는 말을 들었을 땐 놀랐지."

"저도 방금 이야기를 듣고서 놀랐어요. 확실히 신체 강화 마법도 있고 실제로 사용하긴 하지만, 거기에 특화될 줄은……."

"서로 마찬가지인가."

"그러게요. 마법을 쓸 수 있는 사람이 조금 더 많았더라면 마법을 사용하는 방법도 다양해질 테지만요."

이쪽 세계는 모두가 마력을 지니고 있지만, 마법을 쓸 수 있을 정도의 마력을 지닌 것은 서방 제국에서도 절반 이하.

마법을 쓸 수 있는 사람은 훈련에 따라 얼마든지 다룰 수 있는 마력량이 늘어날 수 있지만, 마법을 쓸 수 없는 사람은 아무리 노력해도 마법을 쓸 수 없다.

만약 그런 사람들도 마법을 쓸 수 있는 방법이 있었다면 마법은 더욱 진화했을 것이다.

"뭐랄까, 후천적으로 마법을 쓸 수 있게 되는 방법은 없을까요?"

지금까지 그런 말을 들어본 적 없으니 별 생각 없이 한 말이었는데 리판 씨에게서 예상치 못한 답변이 되돌아왔다.

"……없지는 않지."

"네?"

지, 지금…… 뭐라고 한 거지?

"리, 리판 씨…… 그게 무슨…….."

어떤 방법이지?

그렇게 물어보려 했지만.

"……아니, 역시 알려줄 수 없다."

"에이! 거기까지 말하고 이러는 건 아니죠!"

그보다 내게는 색적 마법을 알려달라고 하고서 자신이 아는 것은 알려주지 않는다니.

그건 좀 너무하지 않아?

그리고 아무래도 리판 씨도 같은 생각을 한 듯하다.

"……공평하지 않나."

"그럼?!"

"그래. 후천적으로 마법을 쓸 수 있게 되는 방법을 알려주지."

리판 씨는 각오한 듯이 그렇게 말했다.

다행이다. 만약 알려주지 않았다면 궁금해서 잠도 안 왔을 거라고.

"그, 그래서요? 후천적으로 마법을 쓸 수 있게 되는 방법이라는 게 뭐죠?"

빨리 알려달라며 그렇게 말했지만 리판 씨는 떨떠름한 표정으로 이렇게 말했다.

"그 전에 약속해다오. 이 이야기는 절대로 퍼뜨리지 않겠다고. 그리고 누구에게도 시도해보지 않겠다고."

"어, 어째서요?! 그런 획기적인 방법을 알리지 말라니."

"금기다."

"네?"

"이 방법은 쿠완롱에서 금기시됐다."

"그, 금기라니…… 어째서……."

"그건 말이다……."

그렇게 말하며 리판 씨가 알려준 후천적으로 마법을 쓸 수 있는 방법.

그것은 무척 간단한 것이었다.

그리고…… 동시에 그것이 어째서 금기시됐는지도 이해할 수 있었다.

◆

신이 리판에게서 충격적인 이야기를 듣고 있을 무렵, 다른 얼티밋 매지션즈 멤버들은 용들을 마을에서 떨어뜨리기 위해 분투했다.

"아, 또 초식룡이잖아!"

앨리스는 색적 마법으로 발견한 용을 보고서 그렇게 말했다.

"아~ 초식룡을 원하는 방향으로 유도하는 건 어렵다니

까……."

그렇게 투덜대며 마법을 준비했다.

그리고 커다란 소리가 나는 폭발 마법을 작은 위력으로 사용했다.

『갸우!』

"아!"

거리를 잘못 측정해 초식룡 바로 옆에 폭발을 일으킨 앨리스는 깜짝 놀랐다.

초식룡이 천천히 쓰러졌기 때문이다.

앨리스가 사용한 폭발 마법이 초식룡에게 맞지는 않았지만 가까운 곳에서 폭발이 일어난 탓에 커다란 소리와 충격파로 기절해버린 것이다.

"아…… 또 끌고 가야 하잖아."

이미 똑같은 실수를 몇 번인가 반복한 앨리스는 한숨을 쉬며 초식룡의 꼬리를 잡고 신체 강화 마법을 사용해 끌고 갔다.

"육식룡은 별로 없고 초식룡도 도망치기 전에 기절해버리고…… 아~ 정말! 너무 귀찮아!"

생각대로 되지 않아 짜증이 난 앨리스는 투덜거리며 초식룡을 이동시켰다.

그렇게 한동안 걷다 어느 곳에 도착했다.

"하아…… 어디…… 하나, 둘, 셋…… 벌써 다섯 마리째잖아."

거기엔 기절한 초식룡 네 마리가 누워 있었다.

앨리스가 새롭게 끌고 온 개체를 포함해 다섯 마리째였다.

"이전 마을처럼 되면 안 된다는 건 알겠지만, 아무리 그래도 너무 지루한 작업이라고!"

지금까지 앨리스가 한 일이라고는 초식룡을 도망치게 하는 것과 그것에 실패해 여기까지 끌고 온 것 정도.

육식룡 토벌은 몇 마리밖에 하지 않았다.

"하아…… 지루한 작업은 피곤하다니까."

그렇게 말하며 한숨을 쉬었다.

바로 그때.

"……!"

이쪽으로 다가오는 복수의 마력을 감지했다.

앨리스가 한동안 기다리자 모습을 드러낸 것은 육식룡 몇 마리.

"어? 어째서? 아까까지는 거의 안 보였으면서……."

거기까지 말하고 육식룡의 시선이 미묘하게 자신이 아닌 다른 곳을 보고 있다는 사실을 깨달았다.

구체적으로 말하자면 앨리스의 뒤.

"……"

그 시선을 따라 뒤를 본 앨리스는 식은땀을 흘렸다.

"음…… 혹시 이 초식룡들을 노리고……."

앨리스가 그렇게 중얼거렸을 때, 육식룡들이 일제히 달려

들었다.

"역시나! 그럴 것 같았어!"

아우구스트에게서 되도록 초식룡을 사냥하지 말라는 말을 들었다.

그렇지 않아도 초식룡을 기절시킨 것은 앨리스 자신.

자신이 기절시킨 초식룡들이 육식룡에게 잡아먹힌다면 뒷맛이 찝찝하다.

"미안하지만 먹게 놔둘 순 없어!"

앨리스는 그렇게 말하며 돌진하는 육식룡을 마법으로 공격했다.

아우구스트는 되도록 상처입히지 않고 쓰러뜨리라고 했지만, 안타깝게도 지금은 그걸 신경 쓸 때가 아니다.

어디에 맞아도 좋으니 빨리 쓰러뜨리기 위해 마법을 난사.

앨리스의 마법은 정확성에 주의를 기울이지 않으면 공격력이 강했다.

육식룡들은 기절한 초식룡에게 도달하기 전에 차례차례 토벌됐다.

이윽고 육식룡을 전부 쓰러뜨린 앨리스는 숨을 내쉬었다.

"후우…… 설마 육식룡이 먼저 공격해올 줄이야. 이러면 꼭 내가 초식룡을 미끼로 삼기 위해 모은 것 같잖아."

그렇게 말하며 쓰러뜨린 육식룡들을 이공간 수납에 넣었다.

깔끔하게 처리했다고는 할 수 없지만 없는 것보다는 나을 것이다.

그렇게 생각하고 용을 회수했더니 새로운 기척이 느껴졌다.

"음…… 어라?"

고개를 들어 주위를 둘러본 앨리스가 본 것은 자신들을 포위한 육식룡 무리.

그 모든 시선이 앨리스가 모은 초식룡에게 집중됐다.

"하……하하하…… 너희가 노리는 건……."

육식룡들이 말을 이해할 리도 없지만 일단 물어보지 않을 수 없었다.

육식룡들은 앨리스의 질문에 행동으로 답했다.

초식룡들을 향해 달려든 것이다.

"으아아! 역시나!"

자신이 기절시킨 초식룡들이 잡아먹히게 둘 수 없다.

이상한 사명감을 느낀 앨리스는 사방팔방에서 공격하는 육식룡을 계속해서 쓰러뜨렸다.

"아, 정말! 야! 빨리 좀 일어나!"

자신이 기절시켜 놓고서 빨리 일어나고 재촉하는 앨리스.

너무하지만 이렇게 자꾸 육식룡이 공격하면 가만히 있을 수 없다.

육식룡들을 쓰러뜨리며 기절한 초식룡들을 발로 차서 깨우려는 앨리스.

그 노력이 결실을 맺었는지 초식룡 한 마리가 겨우 눈을 떴다.

"아, 이제야 일어났으아아아!"

간신히 눈을 뜬 초식룡이 본 것은 자신들을 둘러싸고 공격하는 육식룡들.

그리고 작렬하는 마법들.

그 광경에 당황해 곧바로 날뛰기 시작했다.

그러면서 휘두른 커다란 꼬리가 앨리스에게 날아든 것이다.

"에잇! 위험하잖……아……!"

앨리스는 그것을 간신히 피했지만 기절한 다른 초식룡들이 맞았다.

신체를 강화하지 않은 앨리스의 발차기와는 비교할 수 없는 강력한 초식룡의 꼬리 공격.

기절했던 초식룡이 눈을 뜨기에 충분한 위력이었다.

"잠깐……기다……으아앗!"

눈을 뜬 초식룡이 날뛰며 다른 초식룡을 깨운다.

그리고 또다시 날뛰고…….

결국 기절했던 다섯 초식룡이 모두 눈을 떴다.

당황한 상태로 날뛰는 초식룡.

공격을 피하는 앨리스.

그리고 그 틈을 노려 초식룡을 공격하는 육식룡.

그야말로 혼돈의 소용돌이였다.

육식룡, 초식룡이 뒤섞인 탓에 제대로 조준하기 어려워진 앨리스는…….

"……이제 됐어."

앨리스는 그렇게 말하며 마력을 최대한 끌어모아 자신의 머리 위로 거대한 불덩어리를 만들었다.

용들은 깜짝 놀랐다.

초식룡을 먹으려는 것도, 육식룡으로부터 몸을 지키려는 것도 잊고서 앨리스가 만든 거대한 불덩어리를 멍하니 바라보았다.

그리고 주목을 받은 앨리스의 눈은…… 동공이 완전히 열려 있었다.

간단하게 말해 잔뜩 열받은 상태.

"말도 안 듣고…… 공격만 하고…… 지켜줬는데도 공격하고……."

투덜대는 앨리스의 분위기는 야생의 용조차 이상하게 느낀 듯하다.

확연하게 겁에 질린 모습.

"이제 됐어! 너희 모두 날아가 버려!"

자신이 일으킨 사태인데도.

완전히 적반하장이다.

그러나 원래 생각대로 풀리지 않아 짜증나던 참에 이런 상황까지 벌어졌다.

결국 머리 끝가지 화가 난 앨리스는 망설이지 않고 그 거대한 불덩어리를 용들을 향해 던졌다.

　용들은 혼비백산했다.

　아까까지 먹고 먹히는 공방을 벌이던 용들은 초식룡과 육식룡이 하나가 되어 도망쳐 아슬아슬하게 앨리스의 마법을 회피했다.

　그러나 직격은 피했다지만 그 충격으로 날아가 버린 용들.

　아까는 그 여파로 기절했던 초식룡들도 지금은 기절할 때가 아니었다.

「기절했다간 당한다!」

　그런 본능으로 쓰러진 몸을 곧바로 일으켜 쏜살같이 도망쳤다.

　용들은 뒤를 돌아보지도 않았다.

　그 이유는.

"기다려~."

　무서운 얼굴을 한 앨리스가 마법을 전개하며 따라왔기 때문에.

　날아드는 마법을 간신히 피하며, 용들은 도망쳤다.

　도망치고 도망쳐서…… 간신히 앨리스를 따돌린 용들은 어느새 서식지 안쪽으로 쫓겨난 뒤였다.

　결국 앨리스는 의도하지 않게 당초의 예정대로 유도에 성공했지만.

"용은 어디냐~ 용은 어디냐~."

그 후 그렇게 중얼거리며 용을 찾는 앨리스를 본 다른 동료들은 마치 전설에 등장하는 귀신과 같았다며 설명했다.

"후우…… 제법 많네~."

유리는 토벌한 육식룡을 이공간 수납에 넣으며 그렇게 중얼거렸다.

유리는 육식룡을 거의 만나지 못했던 앨리스와는 다르게 빈번히 육식룡과 조우했다.

그 육식룡들을 수제 마도구를 사용해 토벌.

마력을 마법으로 변환하지 않는 만큼 체력 소모는 적지만 그래도 한숨이 나왔다.

그만큼 수가 많았다.

"이렇게 마을에 가까운 곳에 이렇게나 많다니~ 조금만 더 늦었더라면 위험했겠네~."

그런 말을 한 유리는 색적 마법을 전개했다.

그러자 바로 가까이에 커다란 마력을 감지했다.

"……!"

유리가 다급히 그쪽을 보니.

"어디냐, 용아……."

"꺄아아~!"

초점을 잃은 눈으로 그렇게 중얼거리는 앨리스와 대면했다.

"애…… 앨리스~?!"

"유리…… 용 못 봤어……?"

"어~? 용이라면…… 여기저기 많은데~?"

유리가 그렇게 말하자 앨리스는 주위를 둘러보았다.

그리고 고개만 돌려 유리를 보고는.

"없잖아……."

원망스러운 듯이 그렇게 중얼거렸다.

"히익~?!"

유리는 너무나도 괴이한 앨리스의 모습에 공포에 질려 자신도 모르게 비명을 지르고 말았다.

"왜, 왜 그래~ 앨리스? 왜 그렇게 의욕이 넘치는 거야~?"

"……그게 말이지."

앨리스는 방금 있었던 일을 유리에게 말했다.

그것을 들은 유리는 한숨을 내쉬었다.

"그럼 그렇게 되는 것도 당연하잖아~? 육식룡을 부르는 미끼로 썼다는 말을 들어도 부정할 수 없을 거라고~."

"겨, 결과적으론 그렇지만! 애초에 그렇게 간단히 기절하는 게 잘못이지!"

"그러니까 어째서 초식룡을 도망치게 하는데 폭발 마법을 사용한 거야~?"

"그건…… 가까이서 뭔가 터지면 깜짝 놀라잖아?"

"그야 깜짝 놀라겠지~."

"몇 마리는 제대로 도망쳤어. 의도한 방향으로는 도망치지 않았지만……."

앨리스의 말을 들은 유리는 별수 없다는 표정으로 앨리스에게 어떤 제안을 했다.

"그럼 말이지~ 내가 하는 걸 볼래~?"

"유리가?"

"응. 나는 앨리스만큼 공격 마법이 능숙하지 않으니까~ 이래저래 머리를 써야 하거든~."

유리는 그렇게 말한 뒤 색적 마법을 전개했다.

"아. 저쪽에 몇 마리 있네~."

"조금 먼 곳에 있는 녀석?"

"응. 어떤 용인지는 가봐야 알겠지만 일단 가보자~."

"그래."

앨리스가 끄덕였기에 둘이서 마력을 감지한 곳으로 갔다.

"아, 찾았다~ 역시 초식룡이네~."

"역시?"

"응. 무리 지어 있으니까~."

"육식룡은 무리 짓지 않아?"

"지금까지 무리 진 육식룡은 보질 못 했네~."

유리는 그렇게 말하고서 허리의 홀스터에 꽂아둔 지팡이 하나를 꺼냈다.

"그거 멋지다."

"우후후. 그렇지~? 빈 공방의 가죽 제품 담당인 사람이 만들어줬어~."

유리는 그렇게 말하며 기쁜 듯이 홀스터를 만지작거렸다.

그 얼굴은 어딘가 요염했다.

"흠…… 꽹장히 기뻐 보이네."

"어? 아, 아하하. 머, 멋있으니까~."

"……수상해."

"그, 그것보다 초식룡을 도망치게 해야지~?"

"뭔가 얼버무린 것 같은데…… 뭐, 됐어. 그래서 어떻게 하는데?"

"후후. 이렇게~."

유리가 지팡이를 휘두르자 풀을 먹던 초식룡의 눈앞에 돌연 토벽이 나타났다.

『갸우?!』

갑자기 나타난 토벽에 놀란 초식룡과 따라 놀란 다른 초식룡이 일제히 도망쳤다.

"그쪽이 아니야~."

유리가 다시 지팡이를 휘두르자 도망치려던 방향에 다시 벽이 나타났다.

길이 막힌 초식룡은 다급히 몸을 돌려 도망칠 곳을 찾았다.

그리고 벽과 벽 사이의 틈을 발견.

초식룡들은 그 틈으로 쇄도해 도주에 성공했다.

그리고 그 틈은 서식지 방향.

도망치는 초식룡들을 보며 유리가 말했다.

"놀란 모양이니 꽤 깊은 곳까지 가지 않으려나~?"

지금 유리가 한 것은 갑자기 눈앞에 마법을 발동해 놀라게 하고 도망칠 곳을 한정해 목적지로 유도하는 신이 사용한 것과 같은 방법이었다.

다른 점이라면 사용한 마법의 종류와 단번에 포위하는 것이 아니라 서서히 도망칠 곳을 막는 차이뿐.

유리가 이런 방법을 선택한 것은 신만큼 정밀하게 마법을 행사할 수 없기 때문이다.

앨리스에게 말했던 것처럼 여러모로 머리를 쓴 셈이다.

그 광경을 본 앨리스는 감탄한 눈으로 유리를 보았다.

"유리, 굉장해."

"후후. 나는 다른 애들처럼 마법이 굉장하지 않으니까~."

"그렇구나. 도망치게 할 뿐이라면 거창한 마법이 아니어도 괜찮겠어."

"앨리스라면 단번에 용을 포위하는 것도 가능하지 않을까~?"

"그게 좋겠다!"

유리 덕분에 스트레스를 받지 않아도 될 것 같다고 생각한 앨리스는 기쁜 얼굴로 유리에게 대답했다.

"어디 그럼~ 빨리 다음 마을로 가야 하니까, 다시 일하자~."

"알았어."

다음 용을 찾기 위해 다시 색적 마법을 전개한 두 사람은 동시에 무리 지은 마력 반응을 발견했다.

"어? 이거, 모여있는 걸 보면 초식룡 아닐까?"

"아마도~."

"다음은 내가 해볼래!"

"후후, 그래~."

앨리스는 방금 유리의 대응을 보며 자신 나름대로 초식룡을 원하는 방향으로 도망치게 할 방법을 떠올렸다.

그 방법이란 신이 사용한 방법과 마찬가지로 마법으로 불꽃을 만들어 초식룡들을 포위하는 것이었는데, 그 방법을 시도할 수 없었다.

그 이유는.

"저기, 유리."

"왜~?"

"아까 모여있는 건 초식룡이라고 했었지?"

"그랬지~."

"이거…… 아무리 봐도 육식룡 아니야?"

"그러게~."

두 사람의 시선이 향한 곳은 지금까지 만났던 용과 비교하면 상당히 작은 용.

그러나 그 모습은 지금까지 본 육식룡과 흡사했다.

작지만 아무리 봐도 육식룡이었다.

"아, 혹시 몸이 작으니 무리를 지어 사냥하는 건가?"

"그렇겠네~."

"근데 말이지."

"응~?"

"다들 여길 보고 있지 않아?"

"보고 있네~."

앨리스와 유리가 그런 대화를 나누는 사이, 육식룡들이 두 사람을 포착했다.

두 사람을 사냥감으로 인식한 용은 행동을 개시했다.

똑바로 다가오는 용과 선회하듯 산개한 용이 있었다.

"포위할 생각이네~."

"와, 의외로 똑똑하구나."

"사냥 본능일까~?"

"아무렴 어때."

앨리스는 그렇게 말하며 마법을 기동.

이번엔 도망가게 만드는 것이 아니라 토벌이니 사양하지 않고 용에게 마법을 발사했다.

발사된 불 마법에 휩싸인 용도 있었지만 몸집이 작은 용은 역시나 재빠르다.

몇 마리인가는 마법을 피했다.

"앗! 피했잖아?!"

커다란 마법을 쏘면 그걸로 끝나리라 여겼던 앨리스는 눈앞에서 일어난 사태에 깜짝 놀라 멈칫했다.

용은 그 틈을 노렸다.

"으앗!"

앨리스는 다급히 마법을 전개했지만 제때 맞출 수 있을지 아슬아슬한 상황.

제트 부츠로 상공으로 도망칠까 생각한 앨리스의 귓가에 느긋한 목소리가 들렸다.

"정말~ 이런 모습을 월포드 군이 보면 설교할 거야~."

유리는 그렇게 말한 뒤 홀스터에서 다른 지팡이를 꺼내 공격해 오는 용을 겨눴다.

"에잇~."

맥이 빠지는 목소리지만 지팡이에서 발동한 것은 방금 앨리스가 사용한 것과 같은 불 마법.

그러나 앨리스의 마법과 비교하면 상당히 규모가 작았다.

위력은 작지만 그만큼 발동 시간이 짧고 연사할 수 있다.

지팡이에서 발사된 수많은 불꽃 탄환.

그것을 정밀하게 조준하지 않고 용을 향해 발사했다.

유리가 쏜 불꽃 탄환은 다가오는 용을 계속해서 명중해 조금씩, 그러나 확실하게 그 수를 깎았다.

"와…… 잔인해……."

"에잇~ 이쪽도~."

앨리스의 말은 무시한 유리는 지팡이로 마법을 발사하는

채로 뒤를 돌았다.

거기에는 돌아들려던 다른 용들이 있었고, 그 용들도 유리가 사용한 마법의 희생양이 됐다.

신이 이 장면을 목격했다면 『기관총으로 쓸어버리는 것 같다』고 말할 것 같은 광경이었다.

어쨌든 유리 덕분에 용들을 전부 쓰러뜨렸다.

남겨진 것은 차마 눈 뜨고 볼 수 없는 광경.

"……이거, 가죽을 얻을 수 있을까?"

"그러게…… 하지만 그런 걸 신경 쓸 때가 아니었으니까~."

은근히 간단히 사냥한 것처럼 보였지만 소재로서의 가치를 남길 수는 없었던 것을 보면 생각보다 여유가 없었던 듯하다.

"월포드 군이라면~ 이런 상황에서도 헤드 샷에 성공하겠지만~."

"그건 그래."

어디까지나 상상에 불과하지만 그 많던 익룡을 모조리 헤드 샷으로 처리한 것을 봤으니 분명 그럴 수 있을 거라고 단언했다.

"그나저나 그런 지팡이도 있었어?"

"지금 건 작은 적에게 사용한 것~ 재빠르면 마법을 맞추기 어려운걸~."

"그렇긴 하지."

"그러니까 이렇게 연발할 수 있는 것이라든가~ 한 발이 센 거라든가~ 이것저것 준비했어~."

그렇게 말한 유리는 홀스터에 넣은 몇 개의 지팡이를 쓰다듬었다.

"우와, 굉장해. 철저하네."

앨리스는 감탄하듯이 그렇게 말했지만 칭찬을 받은 유리의 얼굴에 떠오른 것은 씁쓸한 미소였다.

"그래도 사실은~ 이거 월포드 군의 아이디어야~."

"신 군의?"

"응. 처음엔 불 마법이라든가 물 마법이라든가 흙 마법이라든가 그런 다양한 종류의 지팡이를 준비했었는데~ 월포드 군이 용도별로 나누는 편이 좋겠다고 조언해줬거든~."

"흠, 그렇구나."

마인왕전역 때 유리가 준비했던 것은 위력이 큰 각 속성의 마법뿐이었다.

그러나 신이 볼 때 위력이 큰 것이든 불 마법이든 흙 마법이든 상대에게 줄 수 있는 대미지에 큰 차이는 없었다.

그렇다면 위력이 큰 마법은 한 가지만 놔두고 지금처럼 마법을 수없이 발사하거나 방어를 위해 토벽을 만드는 편이 유용하지 않겠냐고 조언해주었다.

"신 군의 머릿속을 엿보고 싶어."

"그건 나도 그래~."

자신들을 인류 최상위 마법사로 끌어올려준 존재.

아무도 생각해내지 못한 마법을 사용하며 그 위력은 농담이 아니라 세계를 파멸시킬 수 있을 정도의 힘을 지녔다.

슈투름과 전투했을 때 확신했다.

그런 신은 항상 무슨 생각을 하고 있을까 하고 순수하게 생각한 앨리스는 가벼운 말투로 이렇게 말했다.

"의외로 정말 전생의 기억이 있을지도."

그렇게 말한 앨리스의 얼굴엔 진지함이 없었다.

어디까지나 농담이었다.

"좋아! 계속해서 용을 찾아보자고!"

그 증거로 앨리스는 바로 그 발언을 잊고서 용을 찾기 위해 색적 마법을 전개했다.

그러나 앨리스의 말을 들은 유리는.

"그럴지도 모르겠네~."

무척이나 진지한 얼굴로 그렇게 중얼거렸다.

그 목소리는 색적 마법에 집중한 앨리스에게는 들리지 않았다.

◆

『신인가? 나인데, 이 주변에는 이제 용이 없는 듯하군. 네 색적 마법으로 감지할 수 있는 용은 있나?』

무선 통신기로 오그의 연락이 왔다.

그래서 최대한 마력을 모아 광범위한 색적 마법을 전개해 주위를 확인했다.

"음?"

가까이에 있던 리판 씨가 뭔가를 느낀 듯했다.

색적 마법은 마력을 이용한 음파 탐지기 같은 것.

평소엔 감지할 수 없는 약한 마력으로 사용하고 있지만 이번엔 넓은 범위에 용이 있는지를 확인했다.

그래서 마력을 강하게 사용했다.

리판 씨는 그 마력을 느꼈을 것이다.

"어디 보자. 응, 괜찮아. 조금 남았지만 원래 있던 서식지니까 괜찮을 거야."

이곳은 원래 용의 서식지와 가까운 마을.

어느 정도 가까이에 용이 있는 것이 일상이다.

이번에 문제가 된 것은 마을 가까이에 있는 용의 수가 너무나도 많았던 것.

적은 수라면 이 마을의 병사만으로 충분히 대처할 수 있다.

"이제는 천천히 솎아내기만 하면 전과 같은 수로 떨어질 거야."

『그런가. 그럼 여긴 끝이군. 팀 콜로 모두에게 전달하지.』

"알았어."

전에는 무선 통신기의 소유자가 우리뿐이었기에 이른바 그

룹 통화를 할 수 있는 오픈 채널을 이용했지만 지금은 소유자가 늘어서 그럴 수 없게 됐다.

무선 통신기를 지닌 모두에게 우리의 대화가 들릴 테니까.

그래서 우리의 무선 통신기만 개량해 임의의 통신기와만 전과 같은 그룹 통화를 할 수 있도록 했다.

그것이 바로 팀 콜이다.

『아우구스트다. 이 주변의 용은 대강 처리가 끝났다. 다음 마을로 간다.』

『『『네!』』』

모두에게 연결됐으니 당연히 내 통신기에도 오그의 목소리가 들렸다.

"그럼 돌아갈까요?"

"그. 그러지."

응? 어쩐지 리판 씨의 상태가 이상한데?

"왜 그러세요?"

내가 그렇게 묻자 리판 씨는 살짝 시선을 피한 뒤 말했다.

"아니…… 신 님은…… 이렇게나 두려운 존재였다는 걸…… 이제야 깨달았다."

"두려운 존재?"

어? 그게 뭐야?

내가 리판 씨 앞에서 무슨 짓을 했나?

"색적 마법……."

"네?"

무슨 말이지?

"신 님에게 색적 마법을 배울 때까지 전혀 깨닫지 못했다. 당신들이 얼마나 이상한 존재인지를."

"이상하다니……."

"특히 신 님. 귀공이다."

"귀, 귀공……."

갑자기 정중하게 부르게 됐네.

예전이었다면 가볍게 너라고 부를 텐데.

어라? 하지만…….

"제가 리판 씨 앞에서 큰 마법을 썼던가요?"

"색적 마법이다."

"……아, 방금이요?"

"그래. 색적 마법을 배운 뒤 이따금 전하 일행의 마력은 감지했었다. 그것도 놀랐지만……."

리판 씨는 거기서 말을 끊고서 약간 겁에 질린 눈으로 나를 보았다.

"방금 색적 마법. 그건 내가 감지했던 전하 일행 이상의 마력이었다……."

"네? 고작 색적 마법이잖아요. 큰 마법 정도로 마력을 담지 않았는데요?"

"그렇기에 더욱 그렇지. 나는 아직 막 배운 참이라 오히려 알 수 있다. 본래 색적 마법에 그만한 마력은 필요 없겠지?"

"뭐, 그렇죠."

"그리고 전하가 신 님에게 광역 색적 마법을 의뢰했다. 다시 말해 전하 일행도 할 수 없다는 뜻이겠지."

"아, 그런 뜻이군요."

"전하 일행의 마력은 그 크기에 놀랐지만 신 님의 마력은 두려울 정도로 세련됐다."

"뭐, 다른 아이들보다 압도적으로 오랫동안 마력 제어 연습을 했었으니까요."

"마력 제어?"

"그것도 알려지지 않았나 보네요……."

정말로 이 나라의 마법은 부적에 특화됐구나.

"그래서 수준 차이를 지금 막 깨달은 참이지."

"그랬군요."

방금 내가 색적 마법을 사용할 때까지 자신도 색적 마법을 쓸 수 있게 된 것을 기뻐하며 용을 사냥했는데 갑자기 태도가 달라져 무슨 일인가 싶었다.

"그래도 우리와 리판 씨 쪽은 마법을 사용하는 방법이 크게 다르잖아요. 아직 확신한 건 아니지만 신체 강화는 상당한 실력 아닌가요?"

"그랬으면 좋겠다만."

살짝 자신감을 잃은 듯한 리판 씨를 격려하듯 말했지만

자조적인 미소로 그렇게 답할 뿐이었다.

음, 어렵네…….

"어쨌든 집합하죠. 바로 다음 마을로 가야 하잖아요."

"그렇군."

약속 장소는 사전에 정해두지 않았다.

색적 마법으로 위치를 알 수 있으니까.

리판 씨도 색적 마법을 배웠으니 연습 삼아 내가 안내하지 않고 리판 씨를 앞장세우자.

그렇게 모두와 모였건만, 만나자마자 오그에게서 지적당했다.

"신. 별로 움직이지 않았지? 뭘 했던 거지?"

역시 알고 있었나.

"리판 씨에게 색적 마법을 알려줬어. 지금 우리 중 누군가가 함께 있지 않으면 리판 씨만 효율적으로 사냥할 수 없으니까."

"아, 그렇군."

"죄송합니다. 전하. 내가 고집을 부려서."

"아니, 상관없다. 그러는 편이 효율적이니까. 그래서, 색적 마법은 습득했나?"

"네. 신 님 덕분에."

"그거 다행이군."

오그는 그걸로 끝난 듯했지만 리판 씨는 그렇지 않았다.

"그보다 전하."

"뭐지?"

"이 색적 마법, 쿠완롱에 퍼뜨릴 예정이 있으십니까?"

"……응?"

"아니요…… 이렇게 누가 어디에 있는지 알 수 있는 마법을 쉽게 주위에 퍼트리면……."

"……아, 그런 뜻이군."

잠시 생각에 잠겼던 오그는 그제야 이해한 듯하다.

"미안하군. 우리나라에서는 마법사의 필수 기능이라 그렇게 심각한 문제라고 생각하지 못했다."

"지금 쿠완롱에 한 명뿐인 색적 마법 사용자니까."

리판 씨 입장에서 이 색적 마법은 자신에게만 주어진 어드밴티지 같은 것.

이래저래 적이 많을 법한 밍 가라면 습격할 사람을 사전에 파악할 수 있다는 것이 굉장한 이점이 될 것이다.

그것을 쿠완롱에서 간단히 퍼뜨리면 곤란하다는 뜻이겠지.

"우리는 외교 사절로 왔다. 기술 사절이 아니지."

"그럼."

"아직 그럴 예정은 없다."

"아직……입니까?"

"국교가 수립되어 비행정이 오가게 되면 숨겨둘 수만은 없다는 뜻이다. 멋대로 흘러가는 정보까지 통제할 수는 없어."

"그거면 충분합니다. 감사합니다."

"이야기는 끝인가? 그럼 샤오린 씨와 합류한 뒤 다음 마을로 간다."

오그는 그렇게 말한 뒤 제트 부츠를 기동해 마을로 돌아가 마을 입구에 선 문지기에게 샤오린 씨를 불러 달라고 부탁했다.

얼마 후 문지기와 함께 나타난 샤오린 씨의 곁에는 이 마을의 공무원도 있었다.

『너희는…… 정말로 용을 사냥했나……?』

"그래. 하지만 아직 상당한 수가 남았다. 지금 솎아내지 않으면 큰일이 벌어지겠지."

『그럼 하오 님은…….』

"다른 마을도 여기처럼 무사하면 좋겠지만 이미 마을 하나가 습격을 받아 인적 피해가 나왔다. 분명 책임을 지게 되겠지."

『그럼…… 나는…….』

"제대로 용을 솎아내기만 하면 된다. 아무런 문제도 없을 텐데."

우와, 아직 확정된 일도 아닌데 하오의 실각이 확실한 것처럼 말하네.

저 공무원은 하오의 입김이 닿은 부하겠지만 만약 이대로 용을 방치해 마을이 습격당하면 이번에야말로 확실하게 책임을 지게 된다.

우리가 충고했으니까.

그렇다면 공무원이 할 행동은 하나다.

『알았다. 지금 바로 병사를 모아 용 사냥에 나서지.』

"현명한 판단이군."

오그는 그렇게 말하며 공무원에게 손을 내밀었다.

공무원은 무언가를 떨쳐낸 듯이 오그의 손을 잡아 악수한 뒤 바로 마을로 돌아갔다.

"후우, 어떻게든 인적 피해가 최소한으로 끝날 것 같군."

"어라? 아직 인적 피해가 나오지 않았잖아요?"

공무원을 지켜본 오그가 한 말에 앨리스가 반응했다.

"지금은 그렇지. 이제 마을에서 용 사냥에 나설 테니 인적 피해가 없다고는 할 수 없겠지?"

오그는 그렇게 말하며 리판 씨를 보았다.

"부끄럽지만…… 이 나라의 병사들은 전하 일행만큼 강하지 않습니다. 적잖은 피해가 나올 겁니다."

그 말에 놀란 사람은 샤오린 씨.

"무슨 말인가요. 리판. 그들은 용 사냥 전문가인데요?"

그 말을 들은 리판 씨는 쓴웃음을 지으며 샤오린 씨에게 말했다.

"지금이라면 알 수 있습니다. 그들과 전하와 신 님 일행의 사이에는 메울 수 없는 차이가…… 그야말로 하늘과 땅 정도의 차이가 있습니다."

"그, 그게 무슨……"

"미안하지만 슬슬 출발해도 될까?"

샤오린 씨가 무슨 말을 하려 했지만 오그가 가로막았다.

깜짝 놀란 샤오린 씨는 오그에게 사과한 뒤 지도를 꺼냈다.

"다음은 여기입니다. 그다음은 이곳, 그리고 여기가 마지막입니다. 이 속도로 진행하면……."

샤오린의 말을 오그가 이어받았다.

"오늘 중에는 끝나겠군."

"네."

이제 세 군데.

그 마을도 이곳처럼 습격당하기 전에 도착하면 좋겠는데…….

어쨌든 서두르는 편이 좋겠다.

그렇게 나는 다시 모두에게 부유 마법을 걸고 시실리가 샤오린 씨에게 다가갔다.

나는 이번에도 리판 씨를 인솔.

"으…… 아……."

부유 마법을 기동한 뒤 리판 씨의 안색은 여전히 좋지 않았다.

이번엔 소리치지 않게 됐으니 조금은 익숙해진 것 아닐까?

아직 신음은 흘리지만.

"자, 가자!"

"""네!"""

그렇게 우리는 남은 마을도 구하기 위해 하늘을 날았다.

◆

쿠완롱의 어느 가도.

거기에 커다란 짐을 옮기는 무리가 있었다.

그 대부분은 무장한 병사들.

그러나 험악한 분위기의 집단 속에는 어울리지 않는 호화로운 장식이 달린 마차가 있었다.

『에잇! 더 빨리 갈 수는 없나!』

쿠완롱의 관료, 하오가 탄 마차다.

유황전에서 심문 위원회에서 어렵사리 곤경에서 벗어난 하오는 마차 창문으로 얼굴을 내밀고 가까이에 있던 병사에게 성을 냈다.

그러나 쉽게 속도가 오르지 않았다.

『죄, 죄송합니다! 워낙 무거운 물건이라 이 이상의 속도는…….』

『큭……! 그만 됐다! 어쨌든 서둘러라!』

『아, 알겠습니다!』

하오 일행의 속도가 오르지 않는 이유인 커다란 짐.

그러나 이 짐이야말로 하오의 유일한 희망이기에 버리고 갈 수 없었다.

서두르고 싶건만 그럴 수 없다.

그런 상황에 답답해하던 하오는 마차 안에서 최고로 조바

심이 났다.

『젠장! 어째서 내가 이런 꼴을 당해야 하는 거지?! 내 계획은 완벽했을 텐데! 그런데…… 그 자식이야…… 그 보좌관 때문이라고…….』

하오의 말은 틀리지 않았다.

원래라면 보좌관을 통해 들어왔어야 할, 용 대량 발생 징조의 보고.

하오의 연락망이 올바르게 기능했더라면 보좌관에게 그 정보가 들어왔을 것이다.

그러나 보좌관이 모습을 감췄다.

그 보고를 하지 않은 채.

결국 하오는 용 대량 발생 징조를 감지했을 마을이 습격당하는 커다란 실태를 범했다.

지금 하오의 궁지는 명백하게 보좌관 때문이었다.

그러나 애초에 보좌관이 이런 행동에 나선 것은 전부 하오의 갑질 때문이었다.

평소에도 보좌관은 하오의 갑질을 견뎠다.

항상 깔보고 무슨 일만 있으면 소리를 치는 나날.

그런 일상인데도 그가 견뎠던 것은 오로지 하오가 관료 중에서도 유독 지위와 발언력이 높은 관료였기 때문에.

그의 보좌관이라면 다른 사람보다도 지위가 높고, 무엇보다 급여가 좋았다.

그리고 지금까지는 말로 이런저런 소리를 듣기는 했지만 직접 폭행을 당하는 일은 없었다.

그러나 이번 사절단 공작이 실패하자 하오는 보좌관에게 손을 댔다.

하오가 던진 문진에 머리를 맞고 욕설까지 퍼부었을 때, 그의 안에서 무언가가 끊어졌다.

지금까지는 고위 관료의 보좌관이라는 입장을 지키기 위해 위궤양을 견디며 업무에 최선을 다했다.

그런데 그 보답이 이것인가 하고 하오에게 정이 떨어졌다.

그리고 하오의 라이벌인 다른 관료에게 보호를 요청했다.

다시 말해 돌고 돌아 이 사태는 하오 자신이 초래한 것.

자업자득이다.

그러나 하오는 자신을 특별한 사람이라고 믿으며 실패는 모두 다른 사람 때문이라고 여겼다.

그래서 지금 자신이 이런 궁지에 몰린 것은 배신한 보좌관 탓이라고 믿어 의심치 않았다.

그렇게 생각한 하오는 보좌관에게 어떻게 복수해줄지 생각했다.

바로 그때, 갑자기 마차가 멈췄다.

『뭐냐?! 어째서 멈췄지?!』

목적지인 마을까지 아직 멀었을 터.

하오는 마차가 멈춘 이유를 알 수 없었다.

그런 하오에게 병사가 다가왔다.

『이제 곧 일몰입니다. 야간 행군은 위험하니 야영을 준비하겠습니다.』

그 말을 들은 하오는…… 분노했다.

『야영?! 그런 여유가 있을 것 같나?! 이동해! 밤을 새우더라도 이동한다!』

『하, 하지만! 날이 저물면 시야가 좋지 않아 위험합니다! 그리고 병사들에게도 식사와 휴식 시간을 주지 않으면…….』

『그 정도는 참아라! 지금은 그럴 때가 아니다! 그런 것도 모르는가?! 이 무능한 녀석!』

『……알겠습니다.』

『빨리 가!』

하오는 그렇게 말한 뒤 마차의 문을 난폭하게 닫았다.

『이놈이고 저놈이고…… 내 발목만 붙들기는…….』

하오는 마차 안에서 한심한 말을 하러 온 병사를 향해 투덜거렸다.

그리고 무능하다는 소리를 들은 병사는 멀리 이동한 뒤 마차를 노려보며 중얼거렸다.

『무능한 게 누군데…….』

병사는 그렇게 말한 뒤 하오가 내린 지령을 다른 병사들에게 알렸다.

당연히 병사들 사이에서 불평불만이 나왔다.

이제야 쉬면서 밥을 먹을 수 있겠다고 생각했건만 그것조차 허락하지 않고 철야로 행군하라는 말도 안 되는 지령이 떨어졌다.

　이런 명령을 받고서 곧이곧대로 받아들일 리가 없다.

　그러나 이 명령을 무시할 수 없는 이유가 있었다.

　그들은 나라에 고용된 병사들이 아니라 하오 개인에게 고용된 사병이었다.

　하오는 고용주이자 급여를 주는 물주.

　여기서 반기를 들었다간 급여를 줄 물주가 사라진다.

　사병들은 너무나도 난폭한 고용주에게 원한을 품으면서도 어쩔 수 없이 야간 행군을 하게 됐다.

　밥을 먹지도 않고 걸을 수는 없으니 식사는 만약의 때를 대비해 마련했던 휴대 식량으로 때웠다.

　그러나 멈춰서 휴식할 수 없었다 보니 목적지에 도착했을 때는 모두가 피로에 곤죽이 된 상태였다.

　하오에게 목적지인 마을에 도착했다고 알리러 가니 하오는 마차 안에서 자고 있었다.

　그 사실에 사병들의 불만이 더욱 늘었지만 하오는 전혀 깨닫지 못했다.

　『흥, 이제야 도착했군. 그럼 서둘러 용들을 처리해라.』

　칭찬도 없이 피로에 찌든 병사들을 더욱 혹사시키려는 하오에게 순간 살의까지 품은 사병.

그러나 그 마음을 필사적으로 억누르고 하오에게 보고했다.

『죄송합니다. 마을에 도착했지만 용의 모습이 보이지 않습니다.』

『뭐야? 그럼 용의 습격은 없었던 건가?』

『아니요. 마을이 피해를 입었으니 용이 습격한 것은 사실일 겁니다. 하지만 지금은 용이 보이지 않습니다. 주민들도 마을 안에서 작업하고 있으니 아마도 이미 물리친 듯합니다.』

『……그게 뭐냐.』

『네?』

『일부러! 이 몸께서 일부러 행차했거늘! 이게 어떻게 된 일이란 말이냐!』

『그, 그렇게 말씀하셔도…….』

『어차피 용의 습격도 대단한 게 아니었겠지! 그걸 거창하게 부풀리다니! 이건 날 모함하는 책략이었던 것이 분명해!』

『…….』

하오의 말에 사병은 말을 잃었다.

사병은 말했다. 마을이 피해를 입었다고.

그렇다면 마을 안으로 용이 침입했음이 분명하다.

마을에 용이 침입했다는 것이 어떤 뜻인지 하오는 이해하지 못한 걸까?

사병이 볼 때 하오는 그 의미를 정말로 이해하지 못한 듯했다.

그 모습을 본 사병은…… 하오에게 정이 떨어졌다.

이롱으로 돌아갈 때까지는 임무를 다하자.

그러나 거기까지다.

이 이상 이 고용주와…… 이 녀석과 함께 하고 싶지 않다.

그리고 이 상태로 보아 다음에 할 말도 쉽게 상상할 수 있었다.

『하찮군! 이봐! 빨리 이롱으로 돌아간다!』

『……알겠습니다.』

하오의 말은 사병의 예상대로였다.

휴식도 없이 야간 행군으로 잔뜩 지친 병사를 전혀 배려하지 않는다.

하오는 자신이 하고 싶은 말만 하고 마차의 문을 세차게 닫았다.

사병들은 모두 하오가 탄 마차를 노려본 뒤 천천히 귀환하기 시작했다.

그때 미리 마을의 상태를 보러 갔던 사병은 마을 사람에게서 어느 정도의 사정을 들어두었다.

그러나 완전히 신용을 잃은 하오에게는 그 내막을 보고를 하지 않았다.

만약 이때 마을 상황을 들었더라면 어느 정도 대책을 세울 수 있었을지도 모른다.

그러나 그 보고를 듣지 못한 하오는 뭐가 어떻게 되든 빨리 이룡으로 돌아가고 싶었다.

빨리 돌아가서 거짓 정보에 놀아나 자신을 규탄한 관료들에게 복수해야 한다.

그런 생각이 머리에 가득했다.

그러나 여기까지 올 때만큼 서두르지 않았기에 돌아갈 때는 야영을 허락했다.

하오도 온종일 마차에 있었던 만큼 텐트에 눕고 싶었기 때문이다.

그렇게 수도 이룡을 떠난 지 3일 후, 용의 습격을 받은 마을에서 돌아온 하오에게 생각지도 못한 사태가 벌어졌다.

수도로 통하는 문 앞에서 행군이 잠시 멈췄는데, 갑자기 하오가 탄 마차의 문을 누군가가 밖에서 열었다.

마차의 문을 연 사람은 수도 이룡의 문을 지키는 병사였다.

『뭐, 뭐냐, 네놈은! 내가 누구인 줄 알고!』

하오는 자신의 허락 없이 마차의 문을 여는 무례한 행동에 분노했다.

그러나 그 분노를 받은 병사는 표정 하나 달라지지 않고서 이렇게 말했다.

『물론 알고 있습니다, 하오 님.』

『뭐…… 알고 있으면서 이런 무례한 짓을!』

『오히려 당신이기에 이러는 겁니다.』

병사는 그렇게 말한 뒤 하오의 멱살을 잡고 마차에서 끌어 내렸다.

『뭐?! 이, 이 자식! 그만둬라!』

하오의 항의를 가볍게 무시한 병사는 하오의 손을 뒤로 묶어 구속했다.

『무슨 짓이냐?! 여봐라! 왜 그러고 있지?! 빨리 나를 도와라!』

사병들은 그 말을 들었지만 아무도 움직이려 하지 않았다.

그 모습을 보며 이를 갈며 다른 말을 외치려 하는 하오에게 병사가 조롱하듯 말했다.

『그들은 움직이지 않을 거다. 오히려 네가 있는 마차까지 안내해줬을 정도지..』

『무슨……』

하오는 병사의 말에 놀라며 다시 사병들을 보았다.

그 얼굴에 떠오른 것은…… 조소.

킬킬대며 고용주가 구속된 모습을 바라보았다.

『이, 이런! 배신자 놈들!』

그렇게 소리쳤지만 아무도 마음 아파하지 않았다.

하오는 분노로 정신이 나갈 것만 같았다.

『그럼 하오. 귀공에겐 어떤 혐의가 있다. 이대로 유황전까지 연행하겠다.』

병사는 그렇게 말한 뒤 하오를 구속한 채로 마차에 태워 유황전으로 이동했다.

그 자초지종을 지켜본 하오의 사병 한 명이 말했다.

『흥! 꼴좋다!』

그 얼굴은 속이 시원하다는 미소로 가득했다.

단죄

제3장

용 서식지와 가까운 마을을 모두 돌아보고 돌아온 뒤 이틀 후.

유황전이 밍 가에서 대기하던 우리를 호출했다.

하오가 돌아왔다고. 그래서 참고인 조사를 위해 우리를 불렀다고 한다.

호출을 받은 것은 우리 얼티밋 매지션즈와 샤오린 씨, 리판 씨.

유황전에 도착한 우리가 안내받은 곳은 회의실이었다.

다만 어째서인지 책상이나 의자가 보이지 않았다.

어쩔 수 없이 선 채로 대기하고 있으니 얼마 후 회의실 문이 열렸다.

『―!』

『―! ―?!』

들어온 사람은 전에 본 병사보다 좋은 군복을 입은 군인 같은 사람과 뭐라 소리치는 하오였다.

그 하오는 손이 뒤로 묶여 있었다.

"저기, 하오가 뭐라고 하는 건가요?"

"음…… 『내가 누구인 줄 아나?』라든가 『이런 대우는 용서하지 않겠다』라고 하네요."

샤오린 씨에게 묻자 그런 대답이 돌아왔다.

"하아…… 왜 높은 사람은 다들 무슨 짓을 해도 용서받을 거라고 생각하는 거지?"

"보통 그렇지 않나요? 꼴좋네요."

아, 지금까지 하오에게 좋지 않은 대우를 받았다 보니 샤오린 씨의 말투가 신랄하다.

『참고인 조사를 시작하고 싶은데, 괜찮겠습니까?』

반면 지위가 높은 군인으로 보이는 사람은 예의 바르다.

우리에게 질문할 때도 경의가 느껴진다.

"상관없다. 묻고 싶은 게 뭐지?"

우리를 대표해 오그가 대답했다.

하긴, 오그의 신분은 왕태자…… 알스하이드 왕국의 차기 국왕이니까.

그런 인물을 제쳐놓고 다른 사람이 대답하긴 좀 그렇지.

그러니 오그에게 맡기기로 했다.

『그럼 전하 일행께서 목격하신 것을 알려주시겠습니까?』

"알았다. 우리는 처음 습격 피해 보고가 있던 마을로 갔다만……."

오그는 거기서 잠시 말을 멈추고 눈을 감고는 고개를 저으며 한숨을 쉬었다.

그리고 정말로 괴로운 일을 고백하듯 말했다.

"그야말로 처참했지. 건물은 무너지고 여기저기에 사람의 잔해가 널브러져 있었다. 그야말로 지옥과 같았지……"

그 말을 들은 하오는 바로 큰소리쳤다.

『거짓말이다! 내가 도착했을 땐 그렇지 않았어!』

『이렇게 말하고 있습니다만?』

"반대로 물어보겠는데, 하오 님이 그 마을에 도착한 것은 언제지?"

『보고를 받은 다음 날이다.』

그 말을 들은 오그는 살짝 비웃음을 흘렸다.

"그럼 우리가 마을을 습격한 용을 토벌하고 하루가 흐른 뒤로군. 그만한 시간이 있으면 시신을 수습했을 테고 살아남은 사람들도 다시 활동하기 시작했겠지."

『말도 안 돼! 나는 쉬지도 않고 행군해 하루가 걸렸다! 그렇게 빨리 대처할 수 있을 리가 없어!』

분노를 나타낸 하오가 그렇게 외친 뒤 지위가 높은 듯이 보이는 군인에게 당당한 얼굴로 말했다.

『장군! 저들의 말은 거짓이다! 이걸로 이 일은 나를 모함하려는 함정이라는 것이 증명됐겠지?!』

아, 역시 지위가 높은 사람이었구나.

장군이라면 지위가 상당히 높거나 최고 책임자 중 한 명일 것이다.

그보다 거짓말이라고? 아, 하오는 그걸 모르는구나.

『거짓말이라니. 전하, 죄송합니다만 어떻게 이동했는지 여쭤도 될까요?』

"알았다. 신."

"응."

오그의 신호로 나는 이곳에 있는 『모두』에게 부유 마법을 걸었다.

『어, 오오.』

『뭐?! 이게 뭐냐?!』

사전에 이야기해둔 장군은 흥미로운 얼굴이었지만 아무 말도 듣지 못했던 하오는 다급히 버둥댔다.

"이 상태로 바람 마법을 사용해 이동하면 마차와는 비교할 수 없는 속도로 이동할 수 있지. 실제로 그 마을에 도착한 것은 여길 떠난 지 몇십 분 후다."

『호오. 그거 훌륭하군요.』

『이, 이봐! 알았으니 그만 내려!』

하오가 그렇게 말하니 나는 모두를 땅에 내려놓고 부유 마법을 해제했다.

"그럼 이걸로 우리가 거짓말을 하지 않았다는 것, 그리고 이것이 눈속임과 같은 것이 아니라는 것을 이해했겠지?"

『크으……!』

오그의 말에 하오는 분한 듯이 이를 갈았다.

뭐, 이걸 위해 모두에게 부유 마법을 걸었지만.

우리만 떠오르면 하오는 사기라든가 눈속임이라고 트집을 잡았을 것이다.

그러나 자신도 떠오른다면?

자신의 몸에 하늘로 떠올리게 할 실이 달리지 않았다는 사실은 스스로가 제일 잘 안다.

그렇게 되면 우리를 부정할 수 없게 되어 사실이라고 인정할 수밖에 없을 것이다.

그렇게 오그가 사전에 설명했다.

역시 이 녀석은 굉장하다니까.

『그럼 이걸로 전하의 말은 진실임이 증명됐습니다. 그럼 다음 질문입니다만, 전하는 용의 수가 적다고 생각하셨습니까?』

"아니, 오히려 넘쳐나더군. 그렇게 많은 용을 본 것은 처음이었다."

『그렇군요. 하지만 전에 하오가 올린 보고로는 용의 개체 수가 급감해 멸종될 위기에 처했다고 했습니다만?』

"그대로 방치했다면 멸종될 종이 반대가 됐겠지. 그만큼 수가 많았다."

『흠...... 밍 가의 두 사람. 전하의 이야기가 사실인가?』

장군이 이번엔 샤오린 씨와 리판 씨에게 물었다.

『저는 실제로 보지 못했습니다만, 마물이 된 개체가 있던 것은 확인했습니다.』

『마물이 됐다고?!』

샤오린 씨의 말에 장군은 놀라움을 드러내며 소리쳤다.

『그게 정말인가?! 만약 사실이라면 큰일이다!』

침착했던 태도가 돌변해 갑자기 당황하기 시작한 장군.

뭐지?

『안심하십시오, 장군님. 마물이 된 용은 여기에 있는 얼티밋 매지션즈 분들이 이미 처리하셨으니까요.』

어째서 그렇게 당황하는 걸까 싶지만 리판 씨의 보고로 장군은 진정하고 침착해졌다.

『그랬군…… 번번이 죄송합니다. 그리고 나라를 구해주셔서 감사합니다.』

장군은 그렇게 말하며 깊숙이 고개를 숙였다.

"우리에겐 딱히 큰 문제가 없는 상대다."

『듬직하군요. 그나저나…….』

장군은 그렇게 말한 뒤 진중하게 말했다.

『마물까지 됐을 정도라면 역시 개체 수가 상당히 늘어난 모양이군요.』

『장군! 설마 누군지도 모르는 외국인과 평민의 말을 믿는 건가?!』

누군지도 모르는?

외국의 사절단에게 잘도 그런 말을 하네.

한마디 해주려고 했더니 장군이 대신 성을 냈다.

『닥쳐라! 용은 그렇게 간단히 마물이 되지 않는 생물이다! 마물이 된 용은 개체 수가 너무 늘어났을 때 드물게 나타난다는 것은 너도 알고 있을 텐데!』

『너, 너라고?! 이 자식! 감히 누구에게 그런 말투를!』

하오가 말하자 장군은 씩 웃었다.

『이것 참. 이런 상황에서도 자신의 입장을 모르다니.』

『뭐, 뭐라고?!』

『이번 일은 이미 국민에게 널리 알려졌다. 용 토벌을 금지하는 법안은 네가 거짓 보고서를 작성해 가결한 법안이라고.』

『뭐…… 즈, 증거는?! 증거는 어딨지?!』

『증거? 그거라면…….』

장군이 곁에 있던 사람에게 눈짓하자 그 사람이 고개를 끄덕이며 밖으로 나갔다.

얼마 후 그 사람이 돌아올 땐 어떤 남성과 함께였다.

『뭐?! 너, 너는!』

『그는 네 보좌관이었지. 그가 모든 증언을 했다.』

데려온 사람은 하오의 보좌관이었다.

그렇구나. 그런 입장이라면 이것저것 많이 알겠지.

『이, 이런 녀석의 말을 믿을 생각인가?!』

『증언만이 아니지. 제대로 된 물증도 있다.』

장군이 그렇게 말하자 또 다른 사람이 서류를 넘겼다.

『그, 그건…….』

『네가 수정하기 전 조사 단체가 제출한 실제 개체 수 기록이다.』

『그, 그걸 어떻게…….』

『물론 그가 가져다줬지.』

『이, 이 자식!』

보좌관에게 배신당한 하오는 그를 노려보았다.

믿었던 보좌관에게 배신당해 충격이 크겠지.

『네놈 따위가 감히 나를 거스르다니, 용서받을 수 있다고 생각하나?!』

……그게 아니었다.

자신의 졸개라고 생각했는데, 배신해서 화가 났을 뿐이었다.

이 녀석 정말로 쓰레기네.

『장군! 그 자료는 날조됐다! 그런 건 아무런 증거도 안 돼!』

『아니, 돼. 다른 관료들이 인정했으니까. 이 자료는 진짜라고.』

『뭐…….』

『이것 외에도 있다. 예를 들어 사실을 말하면 가족이 어떻게 될지 모른다고 협박당한 조사 단체 직원의 증언이라든가.』

『…….』

『흥. 그럼 재판 날을 기다리시지. 이봐, 데리고 가라.』

장군이 그렇게 말하자 병사가 하오를 끌고 나갔다.

장군과 하오의 대화를 멍하니 지켜보던 우리는 오그를 보았다.

그 오그는 쓸쓸한 미소를 지으며 어깨를 으쓱일 뿐이었다.

『죄송합니다. 흉한 꼴을 보여드렸군요.』

"아니, 제법 흥미로웠다. 그보다 하오는 적이 많았군."

『녀석이 유능한 건 분명하지만 타인을 깔보는 버릇이 있습니다. 녀석을 좋게 보는 정치가는 한 명도 없습니다.』

"그건 군인인 당신도 마찬가지인가?"

오그가 그렇게 말하자 장군은 깊은 한숨을 쉬었다.

『사사건건 예산을 삭감하겠다고 협박하며 성가신 일을 떠넘겼으니까요. 녀석은 병사가 어디서 막 솟아난다고 생각하고 있을 겁니다.』

"전형적인 선민사상을 지녔군. 자신보다 부족한 사람은 인간이라고 인정하지 않겠지. 잘도 반란이 일어나지 않았군."

『하오에겐 사병이 있습니다. 뭐, 이번 일로 사병도 떠난 모양입니다만.』

"호오, 무슨 일이 있었지?"

『방금 하오를 구속하러 나섰을 때 저항은커녕 우리를 하오의 마차까지 안내해주더군요.』

"주인이 구속되려는데 적극적으로 도와주다니. 그렇군, 확실히 그런 모양이군."

그나저나 오그와 이야기하는 장군은 속이 다 시원한 표정이네.

『녀석은 지금까지 잔뜩 제멋대로 굴었습니다. 이제 그 벌을 받을 차례입니다.』

"그렇군. 그럼 앞으로 녀석을 구하려 할 사람은……."

『분명 없겠죠.』

그렇게 말하는 장군의 표정은 무척이나 기뻐 보였다.

하오도 참 어지간히 미움을 샀구나.

아마도 모두가 하오의 실추를 무척이나 원했겠지.

그럴 때 이번 사태가 벌어졌다.

하오에겐 동료가 없는 게 분명하겠지.

"그 말을 들으니 안심이 되는군. 그런데 그 법안은 어떻게 되지?"

『이런 사태가 벌어졌으니 분명 폐지될 겁니다.』

"그런가. 그럼 다음 교섭은 원활하게 진행될 것 같군."

오그는 안심한 듯이 그렇게 말했다.

이번에 우리의 최대 목적은 쿠완롱과 국교를 맺어 우리의 나라에서는 금지된 용 가죽을 손에 넣는 일이다.

부산물로서 마석 교역도 시작될 것 같지만.

……부산물치고는 규모가 너무 크지만.

이번 교섭이 잘 풀리면 알스하이드를 비롯한 서쪽 제국에는 굉장한 변혁이 일어날 것이다.

마석은 둘째 치고 용 가죽은 하오가 최대의 걸림돌이었으니, 그것이 사라진 지금은 우리가 원하는 바이다.

쿠완롱 사람들도 권력을 휘두르던 하오가 사라져 기뻐한다.

우리 모두가 윈 윈이다.

오직 하오만이 원치 않은 결과.

뭐, 이게 모두 자업자득의 결과이니 동정하지는 않지만.

이참에 나는 장군에게 물었다.

"그런데 앞으로 하오는 어떻게 되나요?"

『저런 녀석이라도 쿠완룽의 고위 관료이니 감시를 받으며 자택 감금되겠지. 그 후에 재판에 출석할 거다.』

"그렇군요."

일단 이걸로 교섭이 잘 풀릴 것 같다.

그리고 나는 어떤 사실을 떠올렸다.

"죄송한데 잠깐 여쭤도 될까요?"

『응? 뭐지?』

"소문으로는 하오가 뭔가 굉장한 무기를 지녔다던데……."

『아, 확실히 갖고 있었지. 하오를 구속할 때 함께 압수했다.』

"그렇군요. 그래서 그……."

『응?』

"그 무기를 보여주시면 안 될까요?"

내가 그렇게 부탁하자 장군은 잠시 생각한 뒤 고개를 끄덕였다.

『알았다. 안내하지.』

"감사합니다."

됐다. 이걸로 하오가 어떤 무기를 갖고 있었는지, 그리고 이전 문명이 어떤 기술을 지녔었는지를 조사할 수 있다.

그렇게 생각한 나는 안내해주는 장군을 따라갔다.

◆

유황전에서 심문을 받은 하오는 구속된 채 자택으로 돌아갔다.

구속은 풀렸지만 자택은 많은 병사가 감시하고 있어 도망칠 수 없는 상황이었다.

하오는 자신의 방에서 고민에 빠졌다.

대체 어째서 이렇게 되어버렸나.

이제 곧 용 가죽 거래의 실권을 전부 장악하고 거기서 발생하는 부를 마음껏 누릴 예정이었다.

다소 위험을 감수하지만 그건 어떻게든 할 수 있을 것이라 생각했다.

그러나 자신을 충실히 따른다고 여겼던 보좌관도, 자신의 몸을 지켜야 할 사병도 배신했다.

그 결과로 지금 이렇게 궁지에 몰렸다.

이대로는 정치가로서 쌓은 지위를 잃는 것만이 아니라 범죄자라는 오명을 받을지도 모른다.

이게 다 자신을 배신한 천한 것들의 탓이라고, 하오는 진심으로 그렇게 생각했다.

실제로 보고서를 위조해 제출한 법안으로 국민에게 피해를 주었다.

그 증거를 확보했으니 정치가로서의 생명은 끝났다.

그리고 용의 개체 수를 조사하는 단체의 직원을 협박한 일로 범죄 행위까지 인정됐다.

추측이 아니라 실제로 그렇게 될 것은 이미 정해진 일이다.

그러나 하오는 선민의식이 강한 인간이다.

자신은 나라의 정점에 서 있고, 황제조차 장식뿐인 존재라며 깔보는 면이 있다.

그런 인간이 자신의 잘못을 인정할 리가 없다.

이것은 전부 자신을 함정에 빠뜨리기 위한 음모라고 생각했다.

자신은 부당한 대우를 받아선 안 된다.

어떻게든 자신의 지위를 회복해야 했다.

자신이 힘을 보이면 어리석은 국민들은 역시 자신이 이 나라에 필요한 것을 재확인할 것이다.

그러나 그 힘을 보이려면 어떻게 해야 할까?

거기서 하오가 생각한 것은 그 무기였다.

그 무기는 훌륭한 위력을 발휘했다.

기동 실험을 했을 때 준비했던 표적을 순식간에 관통해 아득히 먼 사선 위의 사람을 산산조각낸 뒤 그 너머에 있는 산의 일부를 도려냈다.

그 무기가 있으면 이 궁지를 벗어나는 것만이 아니라 황제를 폐위하고 자신이 황제가 될 수 있다는 생각까지 했다.

그럴 생각을 하게 만들만한 위력이었다.

그렇기에 그런 무모하다 할 수 있는 법안을 제출했을 정도였으니까.

그러나 문제는 그 무기가 압수당했다는 점이다.

유황전에서 끌려 나올 때 봤는데, 그 무기는 유황전 안뜰에 놓여 있었다.

우선 그것을 되찾아야 한다.

그러나 지금 자택 주변은 병사들이 포위하고 있다.

어떻게 자택을 빠져나간다 해도 다음엔 유황전에 숨어들어야 하며, 무기를 지키고 있을 병사도 어떻게든 돌파해야 한다.

어떻게 한다?

이제는 사병을 쓸 수 없다.

그렇다면 스스로 어떻게든 해야 하지만 정치가인 자신에겐 싸울 힘이 없다.

어떡하지? 어떡하면 좋지?

잔뜩 고민한 결과 하오는 무언가 떠올렸다.

그것은 이 나라에서 금기시된 것.

그러나 하오에게는 이제 그것밖에 남지 않았다.

고민한 결과…….

하오는 그 금기에 손을 댔다.

◆

장군의 안내로 우리는 유황전의 안뜰에 도착했다.

그곳엔 천으로 덮어둔 대포와 같은 물건이 놓여 있었고, 병사들이 그 주위를 경비했다.

상당히 엄중한 것 같지만 어쩔 수 없는 일인지도 모른다.

애초에 유적에서 발굴된 무기는 나라에 신고하는 것이 의무라고 한다.

그것을 무시하고 소지한 것이 정치 관료의 우두머리라 할 수 있는 하오다.

어쩌면 국가 전복을 꾸밀 정도로 강력한 무기가 아닐까 싶어 엄중히 경비하는 것도 당연하리라.

장군이 다가가자 경비하던 병사가 경례하며 맞이했다.

그리고 장군이 무언가 지시하자 병사는 무기를 덮었던 천을 거뒀다.

그렇게 나타난 것은 길고 큰 총이었다.

『이거다. 일단 무기처럼 보이지는 않는다만…….』

"확실히 그러네요."

눈앞에 나타난 하오가 소지했던 무기는 사각형에 곧은 철봉 두 개가 평행으로 놓여 있고, 그것이 주위의 장갑으로 고정된 형태였다.

이건…….

『무기라고 해서 처음엔 대포인가 싶었다만 이런 형태로는 탄을 발사해도 똑바로 날아갈 것 같지 않더군. 대체 이게 어떤 무기인지 아는 사람이 없어.』

"그렇겠네요……."

나는 이 무기를 보고서 그 정체에 어느 정도 확신이 들었다.

그것을 확인하기 위해 조금 더 질문해보기로 했다.

"이게 어떤 효과가 있는 무기인지 아시나요?"

내 질문에 대답한 것은 하오의 보좌관이었던 사람이다.

『네. 발굴했을 때 하오가 섣불리 사용하는 바람에…….』

"섣불리…… 안전 확인도 하지 않았나요?"

『네. 방금 장군님께서 말씀하신 것처럼 겉보기엔 무기처럼 보이지 않았기에 어떤 효과가 있는 마도구인지 바로 확인하려 했습니다.』

전 보좌관은 그렇게 말한 뒤 어두운 표정이 됐다.

『하오가 이걸 조작하니 굉장한 기동음이 울렸습니다. 그야말로 대포가 발사되는 소리를 가까이에서 들은 것처럼 말입니다.』

그렇게 말하며 이 무기의 앞쪽을 보았다.

『아마도 이 봉과 봉 사이에서 무언가가 발사된 것 같습니다. 그 사선상에 있던 인간의 상반신이 사라졌으니까요…….』

그때를 떠올렸는지 침통한 표정이다.

『그때 봤습니다. 섬광이 지평을 향해 날아가는 것을. 그리고…… 그 진로 위에 있던 커다란 바위가 산산이 분쇄되는 모습을.』

전 보좌관이 그렇게 말하자 주위가 침묵했다.

정적을 깨뜨린 것은 장군이었다.

『실제로 본 사람이 이렇게 말하니 확실하겠지만…… 그게 대체 무엇인지, 애초에 탄을 쏘긴 했는지, 애초에 마법이 발동된 것이 맞는지도 알 수 없지.』

장군은 그렇게 말하며 긴 한숨을 쉬었다.

"그렇다면 다시 실험하지 않을 건가요?"

『이 자의 말이 확실하다면 이건 말도 안 되는 위력의 무기다. 여기서 간단히 실험할 수 없지.』

확실히 여긴 황제의 거처이자 국가 정치의 중추.

그런 곳에 미지의 무기를 실험할 수 없다.

그럼 실제로 발굴 현장에 있던 전 보좌관은 어떻게 생각할까 싶어 시선을 보내자 그도 고개를 저었다.

『이건 위력도 상당하지만 소리도 상당히 컸습니다. 계속 시험하면 누군가 알아차릴 가능성이 있다며 하오가 재실험을 금지했습니다.』

전 보좌관이 그렇게 말하자 장군이 흥 하고 코웃음 쳤다.

『누군가에게 들키면 나라에 보고해야 하니까, 그렇게 되면 자신의 것으로 삼을 수 없겠지. 이것만으로도 국가 반역의 죄가 의심되는군!』

장군은 하오가 어지간히 싫은 듯하다.

하오가 저지른 짓에 분노를 감추지 않았다.

『그래서 재실험을 하지 않았습니다.』

전 보좌관이 그렇게 말하며 이야기를 마무리했다.

『그래서 우리는 이게 대체 어떤 물건인지 전혀 파악하지 못했다. 자네들에게 이걸 보여준 것도 뭔가 힌트를 얻을 수 있지 않을까 싶어서지.』

"그랬군요."

아무리 사절단 일원의 부탁이라지만 너무 간단히 보여준다 싶었는데 그런 사정이 있었구나.

쿠완롱과 서방 세계는 마법의 발전 방향이 상당히 다르다.

그래서 우리의 지식으로 뭔가 알아낼 수 있지 않을까 싶었던 듯하다.

솔직히 장군의 생각은 옳다.

나는 이것의 정체를 깨달았다.

그러나 이건 가볍게 말해도 될 것이 아니다.

나는 그렇게 생각하고 모두를 보았다.

알 수 없다는 표정을 하는 그들 중에 생각에 잠긴 두 사람이 눈에 들어왔다.

마크와 유리다.

"뭘까요? 물리? 마법?"

"마법 아닐까~? 저런 봉의 틈새로 탄환을 어떻게 발사하겠어~?"

"하지만 그럼 왜 저런 형태일 것 같습까?"

"그렇게 물어도~ 나는 부여 전문인데 저런 조형은 마크 전문이잖아~?"

"죄송함다만 저희는 대포를 만든 적은 없슴다."

"나도 마찬가지야~."

"대체 뭘까요?"

"대체 뭘까~?"

……상당히 친하네.

저렇게 친했던가? 저 두 사람.

그건 그렇고, 빈 공방의 전 후계자와 할머니의 후계자가 모른다고 한다.

서방 세계 사람이 모른다고 해서 이상한 일이 아니다.

"죄송합니다. 이것만 보고선 전혀 모르겠습니다."

내가 그렇게 말하자 장군은 안타까운 표정을 했다.

『그런가…… 어쩌면 뭔가 알아낼 수 있을지도 모를 것 같았다만…….』

말은 그렇게 해도 제법 기대했겠지.

장군이 낙담하는 모습을 보면 어쩐지 죄악감이 든다.

그러나 이건 쉽게 이야기할 내용이 아니다.

내 예상이 틀리지 않았다면 아무나 쓸 수 있는 강력한 무기이기 때문이다.

그래서 사실을 말하지 않았다.

그러나 일단 확인해둬야 할까?

"저기, 실례합니다."

『뭐지?』

"이 무기에 부여된 문자를 보여주시겠어요?"

내가 그렇게 말하자 통역하던 샤오린 씨의 눈빛이 날카로워졌다.

『부여 문자를? 그건 상관없다만 이건 고대 유물이다. 부여된 문자도 현대의 것과는 달라서 아무도 읽을 수 없다만……』

"네, 그건 들었어요. 단순히 흥미가 있어서요."

『흥미라.』

장군은 그렇게 말한 뒤 내 의중을 살피려는 듯이 바라보았다.

얼마 후 장군은 표정을 누그러뜨렸다.

『뭐, 좋다. 문자 형태를 알아도 효과를 모르면 부여할 수 없으니까.』

"이런 부탁을 드려서 죄송해요."

『딱히 상관없다.』

어쨌든 장군의 허가를 받았으니 마도구인 이 녀석을 기동시키지 않도록 주의하며 부여된 문자를 떠오르게 했다.

그리고 그 문자를 본 순간, 내 상상이 틀리지 않았다는 것이 증명됐다.

미리 염두에 두지 않았더라면 무심코 말해버렸을 것이다.

떠오른 문자는 이렇게 적혀 있었다.

【전자 유도】.

다시 말해 이것은······.

'레일건인가······.'

전생의 기억에서 레일건은 마치 건물과도 같은 크기의 무기였다.

그 이유는 내가 살던 시대에선 아직 레일건에 필요한 전력을 발생하는 장치를 소형화할 수 없었기 때문이다.

그래서 전함에 탑재해 사용하는 병기로 채용될 예정이었을 것이다.

그러나 이 세계에는 마법이 있다.

자세히 보니 부여된 마법은 【전자 유도】만이 아니라 【마력 수집】도 있었다.

다시 말해 이 무기는 기동하면 주위의 마력을 스스로 모은다.

그리고 충분한 마력이 모이면 전자 유도를 일으켜 탄환을 발사한다.

대량의 전력을 생성하는 대형 콘덴서는 필요 없다.

부여된 마법이 모든 것을 담당하니까.

그렇다 치더라도…….

이전 문명에 있던 전생의 기억을 지닌 사람은 정말로 자중하지 않았구나.

이렇게 아무나 쓸 수 있는 강력한 마도구를 만들다니…….

부여 문자를 확인한 나는 마지막으로 두 개의 막대기 사이를 들여다보았다.

"왜 그러지? 신. 뭔가 알아냈나?"

마지막으로 확인하고 있으니 오그가 말을 걸었다.

"아니…… 역시 모르겠어."

나는 곧바로 오그에게 그렇게 말했다.

여기서 알아냈다고 말하면 또 샤오린 씨가 의심할 테니까.

"……그렇군."

오그의 대답도 어딘가 수긍하지 않은 느낌이 있었다.

그 눈은 『사실은 알아낸 거지?』 하고 말하는 것만 같았다.

샤오린 씨를 보니…… 우와, 역시 의심의 눈초리잖아.

일단 마지막 확인도 끝났으니 장군에게 말했다.

"죄송합니다. 이제 끝났어요. 감사했습니다."

『음. 알게 된 점은 있나?』

"아니요. 딱히. 다만 이런 세계에는 희귀한 무기도 있구나 싶었어요."

『그래. 이건 지금까지 발굴된 것 중에서도 특히나 기묘한 물건이다.』

"무리한 부탁을 드려 죄송했습니다. 그럼 저희는 이만."

『그래. 이쪽이야말로 고맙군. 자네 덕분에 하오를 국가 전복을 노리는 역적으로 처벌할 수 있을 것 같다.』

"그렇군요. 그럼 교섭은……."

『미안하지만 이쪽이 잠잠해질 때까지 기다려주겠나? 새로운 교섭 담당자도 찾아야 하니까.』

오그를 보자 고개를 끄덕이기에 그대로 내가 대답했다.

"알겠습니다. 그럼 다시 교섭 일정이 잡히면 밍 가로 연락해주세요."

『그러지.』

그렇게 우리는 유황전을 나왔다.

다시 밍 가에서 타고 온 마차에 타고서 숨을 내쉬었다.

"뭐랄까, 국가적인 소동에 휘말린 느낌이야."

"그나저나 그 하오라는 녀석은 역시나 상당한 악당이었네."

함께 탄 마리아가 팔짱을 끼고 살짝 화를 내며 그렇게 말했다.

그건 확실히 그렇다.

그만큼 권력을 휘두르는 인간은 내 주변엔 없었지?

구 제국의 귀족이 그랬다고 하지만, 실제로 본 적은 없으니까.

"그렇게까지 교만한 사람은 알스하이드엔 별로 없으니 더 그런 것 같아."

"그렇지도 않은데?"

"그래?"

마리아의 의외에 말에 무심코 되물었다.

"귀족 중에는 별로 없지만 평민에서 관료가 된 사람 중에는 있다고 들었어."

"보통은 그 반대 아니야?"

"알스하이드에선 그게 보통이에요."

내 의문에 시실리가 답했다.

"전에도 말한 적이 있던 것 같지만 귀족에겐 상당히 큰 책임이 따라요. 만약 평민을 학대하면 지위가 몰수되는 일도 드물지 않아요."

"그러고 보니 알스하이드는 귀족에게 엄격한 나라였지?"

"왕족은 더 그렇다. 애초에 독재 사상을 지닌 사람은 국왕을 이을 수 없다는 규칙이지."

왕족인 오그가 진지하게 말했다.

왕족도 참 큰일이구나…….

"하지만 그런데도 평민에게 교만해지는 사람이 있다."

"아버님이 말씀하셨는데 지금까지 갖지 못했던 권력을 손에 넣은 인간은 그 권력에 취하기 쉽다고 해요."

"아, 귀족은 원래 그 권력을 사용하는 방법을 배우니까?"

"네. 권력에 동반하는 책임도 동시에 배우니까 그렇게 되는 사람은 별로 없지만, 그렇지 않은 사람은…….'

"지금까지 부림을 당하는 입장이었던 사람이 권력을 가지면 힘에 취한다는 거구나."

"네, 그렇게 말씀하셨어요."

그렇구나.

그래서 평민 출신 관료 중에 그런 사람이 나오는 거구나.

"뭐, 표면상으로는 얌전한 귀족들도 뒤에서는 어떻게 생각하는지 알 수 없지만."

"야, 왕족이 그런 말을 해도 돼?"

"당연하지. 귀족이란 특권 계급이다. 태어나면서부터 권력을 지녔지. 그러니 그것을 억제하기 위한 법이 존재하는 거잖아."

아, 그렇군.

알스하이드의 귀족이 얌전한 것이 아니라 그렇게 하지 않으면 처벌을 받으니까.

"귀족에게만 그런 법을 강요하고 왕족이 교만하게 굴면 반감을 사서 언제 반기를 들지 모른다. 그러니 왕족이 솔선해서 국가를 위해 봉사하는 거지."

"흠. 굉장하네, 알스하이드 왕족."

보통 국가 최고 권력자라면 권력을 휘두를 법도 한데.

"몇 대인가 이전의 왕이 그런 사상을 지녀서 사람이란 평등하게 태어나고 왕족과 귀족과 평민은 모두 똑같은 인간이라고 선언했지."

"어? 그렇게 하면 왕가의 위엄이 위험해지지 않아?"

왕가는 신성불가침의 존재.

그렇기에 국민은 왕가를 떠받드는 줄 알았는데…….

그렇게 생각하고 물어보니 오그는 쓴웃음을 흘렸다.

"당시엔 상당히 귀족들의 반감을 샀다지만……."

그렇게 말한 뒤 어째서인지 나를 보았다.

"그 왕은 굉장한 마법 실력을 지녔다고 하더군. 반감을 품어도 아무도 거스르지 못했다고 한다."

"그만한 힘을 지녔으면서 자신의 권력을 위해서가 아니라 백성을 위해 힘을 사용한 거로 유명한 왕이야."

오그의 말을 마리아가 이었다.

"마리아도 아는구나."

"당연하지."

"그러고 보니 이건 초등 학원의 역사 수업에서 배우는 내용이네요. 고등 학원에서는 배우지 않으니까 신 군이 모르는 것도 무리가 아니에요."

어째서 모르냐는 듯이 바라보는 마리아에게 시실리가 말해주었다.

"그렇다면 알스하이드 국민이라면 누구나 알고 있어?"

"네. 그리고 그 왕족의 유명한 이야기로는 학원생 시절 교만하게 구는 귀족의 아이에게 『너는 좋은 집안에 태어났다는 것 이외에 뭔가를 이뤄낸 게 있나? 말해봐라』하고 나무랐다는 이야기가 있어요."

"오, 좋은 말이네."

"그 이후로 알스하이드에서는 귀족 아이가 부모의 권력을 휘두르는 것을 창피한 일이라고 인식하게 됐다고 해요."

"그럼 카트가 부모의 권력을 휘둘렀다가 바로 자택 근신을 당한 건······."

"뭐, 그때는 슈투름의 세뇌를 받았던 모양이지만 리츠버그 백작이 카트를 엄히 나무랐다고 하더군."

"그랬구나."

그나저나······.

들어본 적이 있네. 그 『좋은 집안에 태어났다는 것만으로······』라는 말.

혹시 그 왕도······.

"뭔가 다른 일화는 없어?"

"이 나라에 온 뒤 떠올랐다만······."

"뭔데?"

"이 나라의 주식이 있었지?"

"아, 쌀이요? 볶아서 만든 쌀은 맛있었어요."

볶음밥.

그러고 보니 이쪽 세계에 오고서 처음 쌀을 먹었지.

나는 그렇게까지 쌀을 원하지는 않았지만, 이세계에 가면 이상할 정도로 쌀과 간장과 된장을 찾는다고 한다.

나는 이쪽 세계의 식사에 충분히 만족해서 그러지 않았다.

"그 왕은 이상할 정도로 쌀을 찾았다더군."

…….

역시 그랬나.

의외로 전생자가 많네!

몰랐던 알스하이드의 역사를 듣다 보니 밍 가에 도착했다.

마차에서 내리자 나뉘어서 오던 뒤쪽 마차에서 뭔가 큰소리가 들렸다.

뭐지? 싸우는 건가?

"그러니까! 그건 마력을 에너지로서 방출하는 게 아니라 분명 물리적으로 탄환을 발사하는 마도구일 겁다!"

"그 형태로 뭔가를 발사한다고~?! 그건 분명 마법을 쓰는 물건일 거야~!"

"그럼 어째서 그런 통 같은 형태란 말임까?!"

"그건 모르지~!"

""크으으……""

마크와 유리?

저 두 사람이 다투다니 어쩐 일이래. 무슨 일이 있었나?

"저기 올리비아, 저 두 사람이 저렇게 친했던가?"

"아, 유리 양은 빈 공방의 일을 도와주러 오니까요. 다양한 의견을 주고받으며 친해진 모양이에요."

"아, 그랬구나."

그러고 보니 유리는 할머니의 가르침으로 현장에서 마법 부여를 실천하고 있다.

전혀 모르는 공방보다 항상 신세를 지는 빈 공방 쪽이 편하다는 이유와 빈 공방의 공장이 확장되면서 부여 마법사의 수가 부족하다는 이유로 슈투름과의 싸움이 끝난 뒤에도 유리는 빈 공방을 돕고 있다.

아르바이트 대우라고는 하지만 다른 누구보다도 부여 마법이 능숙하다 보니 이제 그녀는 없어선 안 될 존재라고 한다.

마크도 기본적으로는 얼티밋 매지션즈의 활동을 우선시하지만 원래는 자신이 이었어야 할 공방을 방치할 수도 없으니 시간이 있을 땐 공방 일을 도왔다.

그나저나…….

"상당히 가까워졌네, 저 두 사람."

내가 그렇게 말하자 올리비아는 어째서인지 못마땅한 시선을 보냈다.

"그 원흉을 만든 사람이 무슨 말이에요."

"응? 원흉?"

내가 뭔가 했던가?

"계속해서 신상품을 발명해서…… 월포드 군의 부여 마법을 일반 부여 마법사도 부여할 수 있도록 연구한 게 저 두 사람이라고요."

"그, 그랬구나……."

내가 회장을 맡은 월포드 상회에서 판매하는 상품은 전부 내가 개발한 물건이다.

그래서 시작품의 마법 부여는 내가 일본어로 부여하고 있다.

그러나 양산하려면 공방의 부여 마법사가 부여해야만 하기에 이 나라의 말로 같은 효과가 나오도록 문자를 변환해야 한다.

그 작업을 하는 것이 저 두 사람이었구나.

"그보다 양산용 마도구를 개발할 거라면 애초에 이 나라의 언어로 부여해주세요. 저 두 사람이 얼마나 고생하는데요."

"그게 나도 그렇게 할까 물었는데 저 두 사람이 그대로 해도 된다고 했거든. 내 부여를 자신들이 해명해야만 성장할 수 있다면서."

내가 그렇게 말하자 올리비아는 깊은 한숨을 내쉬었다.

"항상 둘이서 밤늦게까지 작업해요. 가능한지에 따라 양산화 여부가 정해진다면서요."

"흠. 밤늦게까지 말이지."

나는 힐끔 올리비아를 보았다.

이제 곧 결혼하는 마크가 동료라지만 다른 여자와 밤늦게까지 함께 있으면 신경 쓰이지 않을까?

"저…… 올리비아는 괜찮아?"

"……? 뭐가요?"

"아니, 그게…… 마크가 유리와 밤늦게까지 있어서……."

"아. 그건 괜찮아요. 저도 함께 있으니까요."

"올리비아도?"

"네. 저는 두 사람에게 마실 것이나 야식을 준비해주는 것 정도라 실제 작업에는 참여하지 않지만요."

"그랬구나."

자신이 곁에 있으니 안심이라는 건가.

"그리고 유리 양은……."

"응?"

"아! 아니요, 아무것도 아니에요!"

"그, 그래?"

"네! 아, 저는 그럼 저 두 사람을 말리러 갈게요!"

올리비아는 그렇게 말한 뒤 후다닥 마크와 유리에게로 뛰어갔다.

유리가…… 어떻다는 거지?

뭔가 말하려다가 멈추니 뒤가 굉장히 신경 쓰이는데.

내가 올리비아의 말에 고민하고 있으니 뒤에서 시실리와 마리아가 작은 소리로 이야기했다.

"마리아, 이거……."

"응, 시실리. 확실해."

"그렇다면……."

"그렇지."

““유리의 얘기를 들어보러 가자!””

두 사람은 그렇게 말한 뒤, 함께 유리에게 다가갔다.

뭐지?

저 두 사람은 뭘 알게 된 거지?

대체 뭘까? 여자밖에 모르는 일인가?

더 깊은 고민에 빠지자 오그가 슬쩍 내 곁으로 다가왔다.

분노의 기색을 드러내며.

“계속 다른 분의 집 앞에서 떠들고 있지 마! 빨리 들어가라고!”

『네에~.』

마크의 말에 등을 곧게 피며 대답하는 마크, 유리, 올리비아, 시실리, 마리아.

그러고 보니 오그는 지금이야 우리와 친해졌지만 전에는 다가가기 어려운 완벽 왕자님이었지.

오그의 한 마디로 마크 일행이 다급히 밍 가를 향해 뛰었다.

그 광경에 쓴웃음 지으면서도 한숨을 쉬는 오그를 따라 나도 밍 가로 들어갔다.

“하아, 이것 참…… 학원도 졸업했지만 아직도 사회인으로서 자각이 부족하군, 저 녀석들은.”

“에이, 졸업했다고 해도 아직 몇 개월밖에 지나지 않았으니 어쩔 수 없지.”

“정말이지…… 애초에 우리의 동향은 전 세계가 주목한다는 사실을 알고는 있어?"

"전 세계라…… 솔직히 실감은 안 드는걸."

"너……."

"어쩔 수 없잖아. 당사자는 알기 어려운 법이라니까."

"그럴지도 모르겠다만……."

"아, 전 세계라고 말하니까 생각났다. 그러고 보니 각국에서 얼티밋 매지션즈의 직원을 파견한다는 이야기는 어떻게 됐어?"

"직원이라는 이름의 감시 말인가."

"감시라니……."

확실히 그럴지도 모르지만 조금 더 완곡하게 표현해도 되잖아.

"감시가 맞다. 애초에 이건 우리가 제안한 것이니까."

"……나쁜 짓을 할 생각은 없지만 걱정된다면 감시하라는 거지?"

"그래. 감시하고 조사해도 곤란할 것 없다. 오히려 각국이 우수한 인물을 보내주는 건 고마운 일이지."

"우수하다고 말하는 걸 보니 파견될 사람의 자료가 있나 봐?"

"당연하지. 모두 우수한 인재였다. 본국에 있었다면 장래엔 나라를 지탱할 핵심 관료가 될 인재다."

"흠, 그렇구나. 그런 인재들이 우리의 감시로 오는 이유는 뭘까? 우리한테 오는 게 경력에 도움이 되기 때문인가?"

"……"

"어? 왜?"

오그가 놀란 표정으로 나를 보았다.

왜 그러는데?

"넌 여전히 모르겠군. 상식이 없는 주제에 어째서 그런 사실은 아는 거지?"

"왜 그런 건 완고히 인정해주지 않는 거야?! 나도 상회의 회장이라고! 다양한 사람과 만나고 이야기도 나눠!"

"아, 그러고 보니 그랬군. 뭐 확실히 경력에 도움이 되는 측면도 있겠지만 그 이외의 생각도 있을 것 같다."

"그 이외의 생각?"

"……자료에 사진이 첨부됐었다. 전부 용모가 수려한 남녀였지."

"어, 그렇다면……"

"조심해라, 신. 네가 제일 먼저 표적이 될 테니까."

"잠깐! 곤란하다고!"

"유혹에 지지 않으면 되잖아? 그리고 플레이드, 너도 조심해라."

"네? 저도요?"

"네가 제일 걱정이다. 신혼 초창기부터 이상한 소리가 들리지 않도록 해."

"지금은 리리아만 바라보고 있으니 그럴 일은 없을 거라니까요."

확실히 토니는 리리아 씨와 사귄 뒤로 이성 관계가 깔끔해졌다.

말뿐만이 아니라 행동으로 보여준다고 약속했다고.

그 의지는 진짜인 것 같은데.

"네 경우엔 전과가 있으니……."

"……변명의 여지가 없네요."

지금은 리리아 씨만 바라본다지만 과거가 있으니까.

무조건 신용할 수는 없는 거겠지.

토니도 자각하고 있는지 씁쓸한 미소를 떠올렸다.

그런 토니를 보고서 다 함께 웃고 있으니 방금까지 못 미더운 듯 토니를 바라보던 오그가 진지한 얼굴로 나를 보았다.

"어? 왜?"

"지금부터는 진지한 이야기다."

"지금까지는 아니었다는 거야?!"

"그건 그것대로 주의를 줬어야 했지만, 더 주의해야 할 일이 있다."

"더?"

"그래."

오그는 그렇게 말한 뒤 내가 잊고 있던 것을 떠올리게 해주었다.

"담에서 오는 직원. 그 인물은 전원이 주의해라."

"왜요?"

오그의 말을 들은 앨리스가 그렇게 물었다.

그러고 보니 앨리스는 담이 지금 어떻게 됐는지 모르겠구나.

"담은 지금 정세가 불안정하다. 수상이라는 자리에 취임한 카툰 씨는 나라를 잘 다스리지 못하는 모양이야."

"흠, 그랬군요."

"그런 나라에서 파견되는 인간이다. 주의해둬서 나쁠 건 없어."

"네? 하지만 다른 나라에 파견하는 사람인데 이상한 사람을 뽑을 리는 없잖아요?"

오그의 설명에 마리아는 잘 이해가 되지 않았는지 그렇게 물었다.

"선택된 사람은 아무 문제 없는 인물이겠지. 그러나 그 인물의 뒤에 있는 인간은 그렇지 않을지도 몰라."

"……혹시, 스파이?"

그제야 앨리스도 이해가 됐는지 평소와는 다르게 진지한 표정을 했다.

"그럴 가능성도 있다는 말이야. 그러니 다들 담에서 온 사자에겐 충분히 주의해라."

오그의 말에 모두가 진지하게 끄덕였다.

그런데 말이지…….

"오그, 그 말은 모두가 모였을 때 하는 편이 좋지 않았어?"

"……."

내 말을 들은 오그는 나를 보고서 한동안 굳어 있다가 슬쩍 시선을 피했다.

"……나중에 이야기해두지."

다시 같은 이야기를 반복하는 것도 부끄럽겠지.

그 기분, 이해합니다.

보기 드문 오그의 실수에 나도 모르게 히죽였다.

밍 가에 들어온 나와 일행이 거실로 가자, 그곳에선 시실리와 마리아가 유리를 포위하고 있었다.

마크와 올리비아는 그것을 쓴웃음으로 지켜보고 있었다.

"시실리, 왜 그래?"

내가 묻자 살짝 흥분한 시실리가 이쪽을 보았다.

"아, 신 군! 잠깐 들어봐요! 유리 양에게으읍……!"

"앗, 시실리, 잠깐~!"

유리가 기세 있게 내게 뭔가 말하려 한 시실리의 입을 다급히 뒤에서 막았다.

"으읍!"

"어? 뭔데?"

"아, 아무것도 아니야~ 하하하~."

어쩐지 유리가 뭔가를 얼버무리려는 것 같은데.

뭐지? 시실리한테는 말했지만 내겐 말할 수 없는 일인가?

그렇다면 여자끼리만 하는 이야기일까?

그렇게 생각했는데 어쩐지 시실리의 상태가 이상하다.

아! 유리의 손이 시실리의 코까지 막고 있잖아?!

그 증거로 시실리는 유리의 손을 찰싹찰싹 치고 있다.

그것을 깨달은 마리아가 유리의 어깨를 흔들며 외쳤다.

"유리! 시실리가 숨을 쉴 수 없잖아!"

"어? 아앗! 시실리, 미안~!"

"후아!"

유리가 다급히 손을 떼자 해방된 시실리는 새빨개진 얼굴로 다급히 숨을 내쉬었다.

"하아⋯⋯하아⋯⋯ 유리 양, 너무해요⋯⋯."

"미안~."

숨이 막혀 새빨개진 얼굴로 눈물을 글썽이는 시실리가 유리에게 비난의 시선을 보냈다.

유리는 우연이라지만 시실리의 입과 코를 막은 일을 겸연쩍어하며 사과했다.

「말하지 말아줘~ 시기가 오면 내가 말할 테니까~.」

「그래요? 알았어요.」

유리가 시실리의 귓가에 무언가 속삭였다.

그러면서 더욱 밀착하게 되니 마치 진하게 포옹하는 것처럼 보였다.

아름다운 여자 두 명이 서로 안고 있는 모습은 한 폭의 그림 같았다.

"이거 참, 보기 좋네."

"이봐, 플레이드. 그러니까 그런 점을 말한 거다."

"네? 이것도 안 됩니까?"

어? 안 되나요? 그렇군요.

"그래서, 무슨 이야기였지?"

"네?! 그, 그건~……."

다시 무슨 이야기를 했는지를 묻자 유리가 허둥댔다.

"아하하. 미안해요, 신 군. 비밀로 해줬으면 한대요."

허둥대며 대답하지 않는 유리를 대신해 시실리가 대답해 주었다.

아, 방금 속삭인 게 비밀로 해달라는 이야기였나.

"그래?"

"네, 제가 먼저 이야기를 꺼냈으면서 말해주지 못해 미안해요."

"아니, 그건 괜찮아. 시실리가 그렇게 말한다면 비밀로 해도 괜찮은 이야기인 거지?"

"물론이에요."

"그럼 더는 묻지 않을게."

내가 그렇게 말하자 유리는 확연하게 안도한 표정을 했다.

"미안~ 조만간 말할게~."

"딱히 무리하지 않아도 돼. 말할 수 있을 때 말해줘."

"응, 알았어~."

우리에게 비밀로 해도 괜찮다면 개인적인 이야기겠지.

그렇다면 억지로 캐물을 필요는 없다.

오히려 억지로 캐물으면 어쩐지 다른 여자아이들이 노려볼 것 같고.

위험해보이는 일은 건드리지 않는 법.

그렇게 생각해 더는 묻지 말자고 생각하니 유리가 다른 이야기를 꺼냈다.

"아, 그러고 보니까~ 월포드 군, 아까 본 마도구를 어떻게 생각해~?"

"아까? 아, 하오에게서 압수한 것 말이구나."

"응! 월포드 군은 어떻게 생각해~? 나는 분명 마법을 쏘는 무기인 것 같은데~!"

"아니죠! 그럼 그런 형태일 필요가 없습다! 그건 분명히 탄을 쏘는 물건임다!"

"그런 형태로 뭘 어떻게 쏜다는 거야~!"

도중에 마크가 끼어들어 다시 유리와 말다툼이 벌어졌다.

정말로 가까워졌네.

그렇게 생각하고 지켜보고 있으니 두 사람이 퍼뜩 나를 보았다.

"월포드 군은 어떻게 생각해?!"

"윌포드 군은 어떻게 생각함까?!"

"그, 그렇게 물어도……."

어쩌지…….

아까 장군에게는 모른다고 답했고, 샤오린 씨도 그 대답을 들었다.

들었다기보다는 통역했다.

여기서 사실은 알아차렸다고 말하는 것도 이상한데…….

어떻게 할지 고민하고 있으니 오그도 물었다.

"그러고 보니 부여 문자도 확인했었지. 정말로 아무것도 모르나?"

내가 장군에게 모르겠다고 답했을 때 수상하게 바라보더니만 역시나 의심했구나.

어쩌지…… 아, 그렇지.

"글쎄…… 내가 평소에 쓰던 것과 같은 문자가 사용됐지만, 그게 그 무기와 어떻게 연결되는지는 모르겠어."

"역시! 알고 계셨군요!"

내가 어떻게든 얼버무리려 하자 샤오린 씨가 엄청난 기세로 달려들었다.

"아, 아니! 문자는 알았지만 그 조합이 어떤 효과를 발휘할지는 모르겠다고요!"

"그 문자라는 건?! 대체 어떤 문자가 부여됐나요?!"

샤오린 씨, 무지 저돌적이네…….

하긴 자기 나라의 유적에서 발굴된 미지의 무기가 어떤 효과를 지녔는지 알 수 있을지도 모르니 필사적이 되는 것도 당연한가.

어쩌면 앞으로도 같은 무기가 발굴될지도 모르고 다시 하오 같은 녀석이 손에 넣으면 이번에야말로 국가의 위기로 이어질지도 모른다.

"신. 나도 신경 쓰인다. 어떤 문자가 부여됐는지 알려다오."

"그래, 알았어."

오그도 그렇게 부탁하니 나는 부여된 문자에 관해 설명하기로 했다.

"마크, 뭔가 작은 철판 같은 것 없어?"

"네? 아, 단검으로 가공하는 녀석이라면 있습다."

"그럼 그걸 두 장 빌려줄래?"

"알겠습다."

나는 마크에게서 받은 철판 두 장에 아까 본 문자를 부여했다.

"하나는 이거야. 마력을 보내면……."

부여한 철판에 마력을 보내자 다른 하나의 철판이 빨려 들어가 캉 하는 소리와 함께 달라붙었다.

"자석?"

"응, 자석으로 만들 때 사용하는 문자였어."

"그렇군, 그래서? 다른 하나는?"

"이쪽은…… 아얏!"

실수했다.

부여한 철판에 아무런 대책도 없이 마력을 보냈으니 손이 저렸다.

"잠깐, 뭐 하는 거야, 신."

"시, 신 군! 괜찮아요?!"

황당해하는 마리아와는 다르게 시실리는 걱정스러운 듯이 내 손을 잡고 치유 마법을 걸어주었다.

이런 점이 아내와 친구의 차이라니까.

아차, 이런 생각을 할 때가 아니지.

"괜찮아, 조금 저릿했을 뿐이니까."

"……전기?"

내가 시실리에게서 치유 마법을 받고 있으니 오그가 방금 현상이 무엇인지 깨달았다.

그러고 보니 오그는 전기 마법이 특기였지.

"응, 전기와 자석. 이걸로 어떤 작용이 일어나는지 모르겠어."

"그렇군……."

"확실히 모르겠슴다."

"전기와 자석이라니…… 아직 모르는 것이 많구나~."

"……."

내 설명으로 오그, 마크, 유리는 수긍해주었다.

샤오린 씨는 어딘가 받아들이기 어렵다는 표정이지만.

하지만 사실을 말할 수는 없다.

다시 샤오린 씨가 위험인물로 인식할 테니까.

마크와 유리는 전기와 자석이 가져오는 효과에 대해 이것저것 이야기를 나눴지만…….

미안, 그거 일부러 틀리게 말한 거야.

레일건을 만들기 위해선 자력이 필요하니 자석이 필요 없다.

전기와 자석으로 할 수 있는 것이라면…… 레일건이 아니라 리니어건이 되던가?

그것도 큰 위력을 내겠지만 레일건만큼은 아니다.

그나저나 이런 무기를 만들다니…….

아무리 나라도 그런 무기는 만들지는 않는다.

일단 만들면 이 세계의 전쟁 양상이 달라진다.

마법을 쓸 수 없는 사람이라도 마도구를 기동하는 정도라면 누구나 할 수 있다.

다시 말해 누구나 그 병기를 사용할 수 있게 된다.

특별한 지식이나 훈련도 필요 없다.

그런 물건을 손에 넣으면 어떻게 될까?

전에 디스 아저씨가 말한 거지만 인간은 유혹에 약하다.

장거리에서 그걸 펑펑 쏘기만 하면 간단히 나라를 제압할 수 있다.

만약 그것이 전 세계에 퍼진다면…….

……아.

혹시 이전 문명은 그걸 너무 많이 만든 건지도 모른다.

그 결과로 비참한 전쟁이 일어나 문명이 사라진 걸지도…….

쿠완롱과 서방 세계를 가로막은 사막은 이전 문명에 있었던 전쟁의 흔적이 아닐까 하는 이야기가 있었다.

그렇다면 그 이상의 무기가 있을 가능성이…….

내가 슈투름과 싸울 때 사용한 열핵 마법을 부여한 것이 있을지도 모른다.

만약 누군가 그것을 발굴해 위력도 모른 채 시험 사격한다면…….

막대한 피해를 가져올 테고, 어쩌면 그런 무기들로 서방 세계를 침략할지도 모른다.

이건…… 한번 유적을 조사해볼 필요가 있을지도 모르겠다.

하지만 만약 발굴된 물건이 위험한 병기라면 그걸 어떻게 설명해야 할까.

……진짜 어떻게 설명하지?

나는 부여한 철판 두 장을 앞에 두고 다시 이러니저러니 토론하는 마크와 유리를 보며 고민에 휩싸였다.

"그렇군요. 결국 하오의 역전 기회는 마왕님이 꺾으신 셈이군요."

일단 이전 문명의 병기에 대해서는 나중에 생각하기로 하고 우선은 눈앞의 사태에 대처해야 한다.

그래서 유황전에서 있었던 일을 나바르 씨에게 알리자 그런 대답이 돌아왔다.

"결과적으로 그렇게 됐을 뿐이지만요. 하오의 꿍꿍이를 알았던 건 아니에요."

"그렇군요. 그나저나 일발역전을 노릴 정도의 무기인가요…… 마왕님, 그 무기를 재현할 수는?"

"할 수 없어요. 고대 유적에서 발굴된 무기라고 하니까요. 우리의 지식이 통하지 않는 무기예요."

"그런가요……."

왜 아쉬워하는 거야.

"뭐야, 나바르 외교관. 그렇게 강력한 무기를 손에 넣어 어떻게 할 생각이지?"

마치 강력한 무기를 손에 넣고 싶다는 듯이 말하는 나바르 씨를 오그가 견제했다.

"아, 아니요! 단순히 흥미가 있었을 뿐입니다! 딱히 무기를 손에 넣으려는 건……."

"그러는 것치고는 재현할 수 있는지 묻던데?"

그랬지. 그렇게 말했다는 것은 자신도 갖고 싶다고 말하는 것이나 마찬가지잖아.

그 점을 지적당한 나바르 씨가 멋쩍은 듯이 머리를 긁적였다.

"그게…… 희귀한 물건을 보거나 들으면 저도 모르게 팔 수 있지 않을까 하는 생각이 들어서…… 제 나쁜 버릇입니다."

그건 확실히 나쁜 버릇입니다.

특히 무기에 관해서는.

"하아…… 조금은 자중해다오. 마인들이 사라지고 마구잡이로 전쟁을 벌였던 제국도 사라졌다. 이제야 겨우 평화로워졌는데 새로운 전쟁의 불씨를 가져오면 안 된다."

"하하하, 반성하겠습니다."

새로운 전쟁의 불씨.

그 무기는 그만큼 강력한 무기다.

그것의 소지 여부에 따라 승패가 결정될 정도로.

그런 무기를 서방 세계에 가져와서는 안 된다.

그 무기는 저대로 유황전의 안뜰이나 무기고에서 사장되는 것이 제일이다.

확실히 그 무기에 대해 자세히 이야기해서는 안 되겠다.

"아, 그보다 지금은 회담이 먼저군요. 언제 시작될지 들으신 것은 없습니까?"

"쿠완룽 측도 하오의 후임을 선정하거나 그 법안을 폐지하는 등 일이 많아졌으니 시기가 정해지면 연락한다고만 들었다."

"그럼 한동안 한가해지겠군요."

"그렇게 되겠지."

그렇게 갑자기 예정이 텅 비게 됐다.

그랬어야 하는데…….

"저기……."

나바르 씨와 오그의 이야기를 들은 스이란 씨가 말을 꺼냈다.

　"무슨 일입니까? 스이란 씨."

　오그가 그렇게 묻자 스이란 씨는 우리에게 고개를 숙였다.

　『그 법안이 폐지된다니, 어떻게 감사드려야 할지…… 정말로 감사합니다.』

　스이란 씨가 그렇게 말하자 샤오린 씨와 리판 씨, 그리고 다른 사람들까지 고개를 숙였다.

　원래 몸이 나으면 법안이 폐지되도록 직접 움직일 예정이었다고 했으니까.

　그런데 자신이 움직이지 않아도 법안이 폐지가 될 것 같으니 고마운 거겠지.

　하지만…….

　"고개를 드세요, 스이란 씨. 애초에 성립된 것 자체가 이상한 법안이었습니다. 이런 결과가 된 것은 당연한 결과죠. 고맙다는 말을 할 정도의 일이 아닙니다."

　오그의 말이 맞지만 스이란 씨는 고개를 살짝 저었다.

　『아니요. 하오에겐 그것을 빠져나올 수단이 있었다고 들었습니다. 그것이 기능하지 않았던 것은 전하 일행이 계신 덕분이라고 생각합니다. 하오에게는 예상 밖의 사태였을 테죠. 그런 의미로도 저는 전하 일행께 감사 인사를 드리고 싶습니다.』

　스이란 씨의 말에 밍 가의 모두가 끄덕였다.

그건 완전히 우연일 뿐인데.

딱히 하오의 계획을 막기 위해 움직인 것도 아니고.

그 일로 고맙다고 해도⋯⋯.

모두 같은 마음이었는지 스이란 씨 일행의 감사 인사에 당황하고 있었다.

그것을 본 스이란 씨가 살며시 웃었다.

『그럼 용의 습격 피해를 최소한으로 억눌러주신 일에 대한 감사 인사로 받아주세요. 전하 일행께서 구해주신 마을엔 저희 상회 사람도 많이 거주하니까요. 정말로 감사합니다.』

그랬구나.

하긴, 용 서식지 근처의 마을이니까 용 가죽을 매입하기 위해 상회 사람이 있어도 이상하지 않다.

용을 처리할 수 있는 사람인지, 처리한 용 가죽을 매입만 하는 사람인지는 모르겠지만.

어쨌든 마을의 위기를 구한 것은 우리다.

"알겠습니다. 감사를 받아들이죠."

오그도 그런 일이라면 확실히 감사를 받아도 이상하지 않다며 인사를 받아들였다.

『그럼 빨리 보답해야겠군요. 마을을 구해주신 보답과 하오의 실각, 법안 폐지를 축하하는 잔치를 열죠!』

스이란 씨는 그렇게 말한 뒤 고용인들에게 이것저것 지시를 내리며 거실에서 나갔다.

그러고 보니 여기에 온 첫날에도 잔치를 벌였지.

연회를 좋아하는 건가?

"이것 참. 스이란 씨, 기뻐 보이더군요."

"고민거리가 단번에 해결됐으니 저렇게 들뜬 것도 이해가 돼."

나바르 씨와 오그가 스이란 씨가 떠난 거실 문을 보며 그런 말을 나누자 갑자기 문이 열리며 스이란 씨가 고개를 내밀었다.

『아, 마석 거래에 관한 회의는 내일 해요!』

그렇게 말하며 다시 모습을 감췄다.

그런 스이란 씨의 행동에 우리는 쓴웃음이 나오고 말았다.

샤오린 씨는 자기가 부끄러운 모양.

"정말이지, 아무리 들떠도 상회 대표라는 입장은 잊지 않은 모양이군요."

그런 나바르 씨의 말에 모두가 수긍했다.

『우후후! 아, 이렇게 기분 좋은 게 얼마 만인지!』

그 법안이 폐지된다는 말을 들은 밤의 연회장에서 누구보다 기분이 좋아 보였던 것은 스이란 씨였다.

이제는 몸 상태도 완전히 좋아졌는지 상당한 속도로 술을 마셨다.

"스, 스이란 씨! 아직 몸이 다 낫지 않았으니 그렇게 마시면 안 돼요!"

시실리가 필사적으로 막으려 했지만 스이란 씨는 상관하지 않았다.

『자요, 자! 천녀님도 마셔요, 마셔!』

"아, 아니요, 저는…… 신 군, 도와줘요!"

막으려 하다 오히려 스이란 씨에게 붙들린 시실리가 내게 도움을 요청했다.

어쩔 수 없지, 도와줄까.

시실리의 구조 신호를 받은 나는 이공간 수납에서 어떤 물건을 꺼냈다.

"잠깐 실례할게요."

『응?』

나는 취한 스이란 씨의 뒤로 돌아가 재빨리 그것을 채웠다.

『이게 뭐예요?』

내가 스이란 씨에게 채운 것은 이물 배제가 부여된 목걸이.

이것을 지니면 과도한 알코올은 배출되니 곧 스이란 씨의 취기가 사라질 것이다.

『자, 잠깐 실례할게요!』

스이란 씨는 그렇게 말한 뒤 빠르게 연회장에서 나갔다.

"하아…… 신 군, 고마워요. 그런데 스이란 씨는 어떻게 된 걸까요?"

"아, 저기에 이물 배제가 부여됐잖아? 과도하게 섭취한 알코올을 배출하러 간 거야."

"배출? ……앗, 아아."

시실리도 이해한 듯하다.

몸에 들어온 것은 생리 활동으로 배출된다.

다시 말해 스이란 씨는 잠시 실례하러 갔다.

잠시 기다리자 취기가 제법 깼는지 멋쩍은 표정을 한 스이란 씨가 연회장으로 돌아왔다.

『죄송했어요. 천녀님. 너무 들뜨는 바람에…….』

"아니요. 들뜨는 것도 당연해요. 하지만 스이란 씨는 아직 병이 나은지 얼마 안 됐어요. 그렇게 마시면 모처럼 나았는데 또 다른 병에 걸릴지도 몰라요."

『으…… 죄송해요.』

"괜찮아요. 그러니 술은 적당히 즐겨주세요."

『네. 알겠습니다.』

스이란 씨는 정말로 반성했는지 연하인 시실리의 설교를 얌전히 들었다.

『그나저나 이 목걸이는 마도구인가요? 취기가 단번에 깼어요.』

"음, 그건……."

얌전히 설교를 듣던 스이란 씨는 그것이 끝난 듯하자 바로 목걸이에 관해 물었다.

질문을 받은 시실리는 말해도 괜찮은지 망설였다.

"뭐, 자세한 이야기는 할 수 없지만 몸에 쓸데없는 것이 들어오면 바로 배제하는 효과가 있는 물건이에요."

내가 그렇게 말하자 스이란 씨는 눈이 휘둥그레져서는 목걸이를 손에 들었다.

『저기…… 이걸 팔 수는……?』

오.

그렇게 나왔군.

"판다……는 말은 그것의 판매권을 말하는 건가요?

『네! 안 될까요?』

스이란 씨는 두 손을 모아 부탁했지만 안타깝게도 기대에 부응할 수 없다.

"아쉽지만 그건 저밖에 만들 수 없으니 상품으로 팔 수는 없어요."

내가 그렇게 말하자 스이란 씨는 정말로 아쉬운 표정을 했다.

『그래요…….』

음…… 이렇게나 풀이 죽는 걸 보니 어쩐지 미안하네.

하지만 여기서 거래에 응했다간 나는 앞으로 계속 목걸이를 만들게 될 것이다.

마석은 쿠완룽에 잔뜩 있으니 그쪽 걱정은 하지 않아도 괜찮겠지만.

한동안 풀이 죽었던 스이란 씨는 잠시 후 고개를 퍼뜩 들고서 말했다.

『그럼 개인적으로 이걸 살 수 있을까요?』

"개인적으로…… 그러니까 스이란 씨가요?"

『네! 몸에 들어온 불필요한 것을 배제한다는 거죠? 그렇다면 만약 독을 먹어도 배제된다는 뜻 아닌가요?』

오, 그런 설명만 듣고서 거기까지 잘 알아차렸네.

"네, 맞아요. 그걸 이해하고서 원하시는 건가요?"

『네. 여자 몸으로 상회의 대표를 맡다 보면 누군가가 목숨을 노리는 일도 적지 않아요. 하지만 이게 있으면 적어도 독살은 막을 수 있잖아요. 제겐 무척이나 매력적인 도구예요!』

그런가.

뭐, 스이란 씨가 사용하는 것 정도라면 괜찮겠지.

"그런 이유라면 그 목걸이는 선물로 드릴게요."

그렇게 말하자 스이란 씨의 눈이 커졌다.

『안돼요! 이렇게 훌륭한 마도구를 무상으로 받을 수는 없어요!』

"어? 아⋯⋯."

어째서?

공짜로 준다고 했는데, 어째서 설교를 받아야 하지?

그냥 준다, 안된다, 된다, 안된다. 그렇게 몇 번인가 실랑이를 벌인 뒤, 결국에는 아직 환율도 확정되지 않았으니 그것이 정해질 때까지 쿠완롱의 돈을 받아도 소용없다고 설득해서야 간신히 이해해주었다.

후우⋯⋯ 그나저나 어떻게든 대가를 지불하려 하다니.

그건 역시 타고난 상인이기 때문이겠지.

무료로 준다는데 실랑이를 벌이다니, 일반적으로는 말도 안 될 것이다.

그것만으로도 스이란 씨가 지닌 대표로서의 품격을 알 수 있다.

뭐 그렇게 스이란 씨를 다시 평가하거나 나바르 씨 일행이 이번에도 흠뻑 취한 모습을 보기도 하며 연회가 흘렀다.

그리고 연회가 끝나려 할 때였다.

"……응?"

"신 군? 왜 그래요?"

"아니, 뭔가 들린 것 같은데……."

어쩐지 창밖에서 소리가 들린 것 같아 밖을 봤는데 곁에 있던 시실리는 몰랐던 듯하다.

하지만 뭔가 확실히 들린 것 같은데.

"뭐지?"

"신, 너도 들었나?"

"오그, 너도?"

"그래. 나는 창가에 있었으니 확실히 들었다."

"기분 탓이 아니었구나."

나는 그렇게 말하며 오그와 함께 창밖을 보았다.

"뭐야, 뭐야? 신 군이랑 전하, 뭘 보고 있어?"

"무슨 일 있습니까?"

그런 우리를 본 앨리스와 토르가 가까이 다가왔다.

"아니, 지금 밖에서 무슨 소리가 들렸거든."

"소리 말씀이오?"

토르와 함께 온 율리우스도 창밖을 보았다.

어느새 얼티밋 매지션즈 전원이 창가로 다가와 밖을 보았다.

그리고 창밖을 본 지 얼마 지났을 때였다.

"……! 오그! 저거!"

"그래, 저건…… 화재인가!"

먼 곳에서 주황색 빛이 빛나고 있었다.

틀림없어, 화재가 일어난 거야!

소리가 나고 얼마 지난 후 불길이 퍼진 것이다.

불길은 점점 커졌다.

어느새 얼티밋 매지션즈만이 아니라 밍 가 사람들도 밖을 보기 위해 창가로 몰려들었고, 덕분에 사람들로 가득 찼다.

"저 방향은……."

그런 상황에서 샤오린 씨가 중얼거린 목소리가 들렸다.

"샤오린 씨, 저기가 어딘지 아세요?"

"아, 네. 방향과 거리로 볼 때 아마도……."

그리고 이어지는 말을 들은 우리 사이에 긴장감이 감돌았다.

"……하오의 집일 겁니다."

"하오?!"

나도 모르게 큰소리가 나왔다.

"화, 확실히는 모르겠어요. 하지만 하오의 집이 대충 저

제3장 단죄 203

부근에 있으니……."

자신이 한 말로 모두의 주목이 집중되자 긴장됐는지 허둥
대며 그렇게 답했다.

"서둘러 조사해봐야겠군."

"그래. 만약 하오의 집이 아니라면 소화 작업을 도운 뒤
돌아오자. 하지만 만약 하오의 집이라면……."

내가 그렇게 말하자 오그는 깊은 한숨을 쉬며 말했다.

"또 성가신 일이 벌어질 것 같군."

제4장 세계가 깜짝 놀랄지도 모르는 진실

하오의 집 부근에서 화재가 발생했다.

그 사실을 확인한 우리는 연회를 마무리하고 화재 현장으로 떠났다.

안내를 위해 샤오린 씨와 리판 씨도 동반해주었다.

여전히 리판 씨는 하늘을 나는 일이 힘든 모양이었다.

샤오린 씨는 괜찮은 것 같은데.

"우읍……."

"앗, 샤오린 씨! 괜찮으세요?!"

"죄, 죄송합니다, 시실리 님. 아직 술기운이 덜 빠지는 바람에……."

아, 연회 때 스이란 씨에겐 이물 배제 목걸이를 줬지만 샤오린 씨와 리판 씨에겐 주지 않았지.

이 나라에 도착한 첫날에 열린 유황전의 만찬회에서는 차도록 했지만 끝난 뒤에 회수했었다.

깜빡하고 있었다.

"어쩌죠? 일단 내려가서 쉴까요?"

"아니요! 어쩌면 나라에 큰일이 벌어졌을지도 모릅니다. 이

대로 갈게요. 제가 참을게요!"

"그래요……. 알겠어요. 하지만 참기 힘들어지면 말해주세요. 큰일이니까요."

하늘에서 그게 떨어지면…… 그야말로 대참사다.

그렇게 되기 전에 자진 신고해줄 것을 바라며 우리는 현장으로 서둘렀다.

화재 현장에 도착하자 그곳엔 많은 구경꾼과 병사들로 북적였다.

"어째서 소방대원이 아니라 병사가?"

내가 알 수 없어 하자 오그가 주변 상황을 보며 말했다.

"아마도 그런 이유겠지. 샤오린 씨, 여기는 역시?"

오그가 묻자 샤오린 씨는 솔직하게 끄덕였다.

"네. 여긴 하오의 집이에요."

"역시."

샤오린 씨의 추측이 맞았나.

그나저나 어째서 감금된 하오의 집에 불이 났을까?

붙잡혀 실각하게 될 하오가 자포자기로 집에 불을 질렀나?

아니, 그러고 보니 화재가 일어나기 전에 밍 가까지 들릴 정도로 큰소리가 울렸지.

그게 원인일까?

"여기서 멍하니 있어도 소용없다. 병사들에게 사정을 들어보지."

오그는 그렇게 말한 뒤 샤오린 씨를 데리고 병사에게로 다가갔다.

우리도 그 뒤를 따랐다.

말을 건 병사는 처음엔 오그를 수상히 여겼지만 샤오린 씨가 설명하자 깜짝 놀라며 경례했다.

"미안하군. 어째서 이런 일이 벌어졌는지 알려주겠나?"

『네! 저희는 자택에 감금된 하오가 도망치지 않도록 경계하고 있습니다만, 돌연 저택이 폭발하더니 순식간에 불길에 휩싸였습니다.』

"순식간에? 그러고 보니 확실히 불길이 거세군."

우리가 소리를…… 아마 폭발음이었겠지만, 그것을 들은 지 그리 오래 지나지 않았다.

그럼에도 불의 기세가 상당해서 이미 집 전체가 불길에 휩싸였다.

자연스럽게 발화했다면 이런 속도로 불이 퍼지지 않을 것이다.

그렇다면…….

"마법인가?"

내가 그렇게 말하자 병사가 끄덕였다.

"그럼 누군가가 하오를 구하기 위해 밖에서 마법을 쏜 건가?"

『아니요, 마법은 집 안에서 밖으로 발사됐습니다.』

"응?"

집 안에서?

"저기, 집에는 하오 이외에 다른 사람이 있었나요?"

『아니요, 하오 혼자였습니다.』

어? 그렇다면…….

"이 사태는 하오가 일으켰다는 뜻인가?"

『네…… 마법을 쏘고 집에서 나온 하오는 붙잡으려는 우리를 쓰러뜨리고 떠났습니다.』

""뭐?!""

무심코 나와 오그가 소리쳤다.

그보다 하오가 도망쳤는데 왜 이렇게 느긋하게 구는 거지?

"하오를 쫓지 않아도 되나?!"

『이미 추적이 끝났습니다. 저는 나중에 올 소방대원에게 지시를 내리기 위해 남았습니다.』

"아, 그렇군. 소리쳐서 미안하다."

『아니요, 괜찮습니다. 아, 소방대원이 왔습니다.』

병사의 시선을 따라가 보니 두꺼운 옷을 입은 사람들이 나타났다.

손에는 뭔가 통으로 된 물건을 들고 있었다.

저 사람들이 소방대원이겠지.

그렇다면 저 손에 든 물건은 소화용 마도구인가?

그런 생각을 하고 있으니 병사가 소방대원에게 다가가 뭔가 지시했다. 소방대원은 고개를 끄덕인 뒤 손에 든 통 모양의 물건에 마력을 보냈다.

그러자 그 마도구 끝에서 대량의 물이 분사됐다.

역시 소방용 마도구였구나.

아, 이럴 때가 아니지.

"실례합니다! 하오가 어디로 갔는지 아세요?!"

여전히 천천히 움직이는 방금 전 병사에게 큰소리로 묻자 병사도 큰소리로 답했다.

『하오라면 저쪽 방향으로 도망쳤다!』

그렇게 말하며 어느 방향을 가리킨 병사.

그쪽으로 시선을 옮기자 샤오린 씨가 떨리는 목소리로 말했다.

"저쪽은…… 저쪽엔 유황전이 있어요!"

샤오린 씨의 말로 나는 확신했다.

하오는 유황전으로 갔다.

그것이 자신이 발굴한 무기를 손에 넣기 위해서인지, 아니면 황제를 시해하기 위해서인지, 아니면 그 둘 다인지는 모르겠지만 어쨌든 좋은 일은 아니다.

"우리도 서둘러 쫓아가자!"

여기는 소방대원도 왔고 하오의 집은 뜰이 넓어 이웃집에 불이 옮겨붙을 가능성도 적다.

우리가 돕지 않아도 괜찮을 것이다.

그보다 빨리 하오를 쫓아야 해!

그렇게 다시 부유 마법을 기동해 유황전으로 떠났다.

그 도중 나는 신경 쓰인 일을 샤오린 씨에게 물었다.

"그나저나 하오가 마법을 쓸 수 있었군요."

그렇게 말하자 샤오린 씨는 미간을 찌푸렸다.

"샤오린 씨?"

"아, 죄송합니다. 하지만 하오는…… 녀석은 마법을 쓸 수 없었을 텐데요……."

"마법을 쓸 수 없어? 하지만 방금 병사는 하오가 마법을 써서 집에서 탈출했다고 했다."

"그러니까 이상합니다. 어쩌면 마도구를 사용했을지도 모르겠다 싶었는데 그 병사는 하오가 마법을 썼다고 말했어요. 마도구가 아니라."

"그렇다면 하오는 확실히 마법을 썼다는 뜻인가……. 하지만 하오는 마법을 쓸 수 없었다고 했지?"

"그랬을 거예요."

"잠깐, 그럼 이상하잖아."

나와 오그가 샤오린 씨에게 연달아 질문하고 있으니 린이 끼어들었다.

"마법을 쓸 수 없는 사람은 평생 쓸 수 없음. 나중에 쓸 수 있게 바뀌지는 않아."

"나도 그렇게 알고 있다. 하오가 마법을 쓸 수 있는 것을 숨겼던 것이 아닌가?"

"아니요. 자신의 힘을 과시하는 일에 집착하던 하오가 마법이라는 특별한 힘을 자랑하지 않았다는 건 이상해요."

샤오린 씨의 하오에 대한 평가가 상당하구나.

어쨌든 그렇다면…….

"……어쩌면."

샤오린 씨도 그 가능성에 도달했을 것이다.

미간에 새겨진 주름이 더 깊어졌다.

"뭔가, 샤오린 씨. 뭔가 떠오르는 게 있나?"

샤오린 씨의 모습에 답답해진 오그가 답을 재촉했다.

샤오린 씨는 말해야 할지 잠시 망설인 끝에 입을 열었다.

"……어쩌면 하오는 금기에 손을 댔을지도 모릅니다."

"금기? 그게 뭐지?"

그 말을 들은 오그가 샤오린 씨에게 다시 물었지만 그녀는 난감한 얼굴로 고개를 저었다.

"전하, 이건 금기입니다. 쉽사리 이야기할 일이 아닙니다."

"그런 말을 할 때인가? 그걸 알아두지 않으면 우리의 대응이 늦어질지도 모른다. 그렇게 되면 피해가 더 커질지도 모르지."

오그가 그렇게 말하자 샤오린 씨는 도움을 요청하듯 리판 씨를 보았다.

리판 씨는 창백한 얼굴로 입을 막고 있었다.

……지금은 그럴 때가 아니구나.

그 모습을 본 샤오린 씨는 순간 화난 표정을 했지만 이내 다시 고민에 빠졌다.

말해야 할지 망설이는 모양이지만…… 나는 이미 그 이야기를 알고 있는데.

"샤오린 씨."

"네?"

"저는 그게 뭔지 알아요."

"네?! 어떻게?!"

샤오린 씨는 경악하며 소리쳤다.

"리판 씨에게 들었거든요."

"리판……."

샤오린 씨는 원망스러운 눈으로 리판 씨를 봤지만 정작 리판 씨는 눈이 살짝 공허하게…… 아…….

저질렀구나.

대참사다.

"저기. 제가 리판 씨에게 색적 마법을 알려주는 교환 조건으로 알려달라고 했으니 리판 씨를 탓하지는 말아주세요."

내가 그렇게 말하자 샤오린 씨는 포기한 듯이 숨을 내쉬었다.

"그렇다면 리판을 혼낼 수 없겠네요. 알겠습니다. 신 님께서 아신다면 언젠가 여러분도 알게 되겠죠."

"그럼."

"네. 전하, 금기가 무엇인지 이야기하겠습니다."

샤오린 씨가 그렇게 말하자 모두가 샤오린 씨에게 주목했다.

"그 금기란 마법을 쓸 수 없는 사람이 쓸 수 있게 하는 방법입니다."

"뭐?! 말도 안 돼! 그런 방법은 존재하지 않음!"

샤오린 씨의 말에 제일 먼저 린이 반응했다.

그녀는 마법에 관해선 상당한 향상심을 지녔다.

고등 마법학원의 수업과 얼티밋 매지션즈의 훈련에 만족하지 않고 마법 연구의 최고봉이라 할 수 있는 마법 학술원까지 드나들었다.

그 마법 학술원에서도 마법을 쓸 수 없는 자는 평생 쓸 수 없다는 결론을 내렸다.

마법을 쓸 수 있는 조건은 신체에 깃든 기초 마력량이 대기 중에 있는 마소에 간섭할 수 있는 사람.

다시 말해 기초 마력량이 늘어나지 않는 한 마법을 쓸 수 없다.

마법을 쓸 수 있는 사람은 훈련을 통해 기초 마력량을 얼마든지 늘릴 수 있다.

그러나 마법을 쓸 수 없는 사람은 아무리 애써도 기초 마력량을 늘릴 수 없다.

마법을 쓸 수 없기 때문이다.

이것은 분명한 사실이다.

어쩌면 외부의 간섭으로 기초 마력량을 늘릴 수 있을지도

모르지만…….

슈투름이 평민을 마인으로 만들었다는 사실을 아는 입장으로서 그런 위험한 일을 시도할 수는 없다.

결국 마법을 쓸 수 없는 사람은 평생 쓸 수 없다.

나도 리판 씨의 말을 들을 때까지는 그렇게 생각했다.

그리고 그 방법이 서방 세계에서 시도되지 않은 이유도 이해할 수 있었다.

이 나라이기에 발견됐다고 할 수 있는 방법이기 때문이다.

"그게 가능해요, 린 씨."

"어떻게요?!"

린이 세차게 샤오린에게 물었다.

샤오린 씨는 그런 린을 가만히 바라보았다.

"린 씨, 그리고 여러분도 약속해주세요. 이 이야기를 들어도 절대로 시도해보지 않는다고."

"그건 다시 말해 금지된 이유가 그 방법에 있는 건가?"

"그렇습니다, 전하."

"그런가…… 그래서 그 방법이란?"

"그건…….."

샤오린 씨는 다시 잠깐 주저한 뒤 마음을 굳히고 이야기했다.

"간단해요. 마석을 먹는 겁니다."

샤오린 씨의 그 말에 모두가 충격에 휩싸였다.

마석을 먹는다.

고작 그것만으로 마법을 쓸 수 없던 인간이 쓸 수 있게 된다.

그러나 마석이 상당히 귀중한 서방 세계에서는 누구도 시도하지 않았던 방법이다.

마석이 풍부하게 나오는 쿠완롱이기에 그 방법을 시도했던 사람이 있었을 것이다.

"그렇게 간단한 방법으로…… 하지만 그게 어째서 금기시된 거지?"

"맞아! 그것만으로 마법을 쓸 수 있다면 모두가 마법을 쓰게 되는 편이 좋잖아!"

"아, 혹시 마법을 쓸 수 있는 사람이 늘어나면 곤란한 건가?"

마리아도 자신의 생각을 샤오린 씨에게 던졌다.

그러나 샤오린 씨는 고개를 젓고는 그 이유를 설명했다.

"마법을 쓸 수 있는 사람이 늘어나도 문제없어요. 그게 아니라, 이 방법엔 중대한 결점이 있습니다."

"중대한 결점?"

"네, 마석을 먹어 마법을 쓸 수 있게 된 인간은…… 이내 죽음에 이릅니다."

"응?"

마리아는 예상치 못한 답변에 굳어버렸다.

다른 이들도 마찬가지였다.

"마석을 먹어 마법을 쓸 수 있게 된 인간은 마력이 상당히 불안정해집니다. 그 결과 마력이 폭주하기 쉬워서……"

 그 결과, 사망한 사람이 많다고.

 "그런가, 그래서 그 방법이 금기시된 거로군."

 오그는 이해했다는 표정이었다.

 "네. 하지만 금기를 어기고 마석을 먹은 사람은 최근 수십 년은 없었으니 실제로 본 적은 없지만요. 하지만 절대로 해선 안 된다고 옛날부터 잔뜩 들었습니다."

 "하지만 해선 안 된다고 하면 하는 사람이 나오지 않아?"

 확실히 마리아의 말대로 인간이란 해선 안 되는 일일수록 하고 싶어지는 법이다.

 하지만 샤오린 씨는 고개를 저었다.

 "마석을 먹으면 반드시 죽는다고 하니까요. 마석은 편리한 물건이지만 실수로 먹으면 죽는다고 배웁니다. 그런 걸 일부러 먹는 사람이 있을 것 같나요?"

 그렇구나. 마석은 편리하지만 위험한 독극물이라는 건가.

 "하지만~ 부적을 만드는 사람은~? 마석을 가루로 만들잖아~? 분명 가루를 마시게 되지 않아~?"

 "부적을 만드는 공장은 정말 엄중히 마석을 관리합니다. 거기서 작업하는 사람은 반드시 얼굴을 감싸는 면을 써야 하고 공장에서 나갈 땐 온몸을 씻어야 하는 방침이 있습니다."

 그렇게 할 정도로 마석을 먹는걸 꺼리는 건가.

"그렇군. 하지만 하오는 그 금기된 방법에 손을 댈 정도로 내몰렸다는 뜻인가."

"그런 것 같아요. 최고의 관료 자리에서 실각해 범죄자로 벌을 받게 됐으니 자존심 강한 하오라면 견디기 힘든 굴욕이었겠죠."

확실히 자존심 강해 보였지.

"저기 보인다."

오그의 말로 앞을 보자 유황전이 눈에 들어왔다.

그리고 그곳에는⋯⋯.

격렬하게 싸우는 소리가 들렸다.

하지만⋯⋯ 궁지에 내몰린 끝에 금기에 손을 대 나라에 반역한다는 건가.

"좋지 않은 예감이 드네."

"우연이군. 나도 그렇다."

샤오린 씨가 말한 금기의 결말과는 다른 좋지 않은 예감 속에서 우리는 전투가 벌어지고 있는 유황전으로 내려갔다.

격렬한 전투가 벌어진 것은 유황전의 안뜰이었다.

그곳에 내려온 우리는 그 광경에 눈을 의심하고 말았다.

그곳엔 수많은 병사가 온몸에 마력을 두른 하오를 포위하고 있었다.

그러나 하오는 그런 병사들의 공격에 아랑곳하지 않았다.

부적 공격은 장벽으로 막고 넘치는 마력으로 마법을 발사.

병사들은 그것을 다시 방어 부적으로 막았다.

수많은 병사가 하오에게 압도되고 있었다.

"후하하하하! 훌륭해! 훌륭하다! 이 힘과 그 병기만 있으면 이 나라는 내 것이 되리라!"

쳇! 역시 하오는 레일건을 빼앗으려 하는군.

그리고 마법이라는 힘에 취했는지 이 나라를 찬탈한다는 말까지 했다.

지금까지 힘을 지니지 않았던 자가 힘을 지니면 그 힘에 먹히기 마련.

예상치 않게 마차 안에서 했던 이야기와 같은 상황이 벌어졌다.

지금까지 하오는 권력이라는 힘은 지녔지만 무력은 전혀 지니지 못했다.

그러나 마법이라는 무력이 자신의 몸에 깃든 것으로 그 힘에 취했을 것이다.

"쳇! 저런 녀석을 보면 스이드를 공격한 평민 마인들이 떠오르는 걸."

그 녀석들도 갑자기 힘을 손에 넣어 슈투름에게서 이탈해 스이드를 습격했었다.

이 녀석에게는 그때의 마인과 같은 느낌이 든다.

우리도 참전하는 편이 좋겠다고 생각한 때였다.

『아우구스트 전하?!』

큰소리로 그렇게 외친 사람은 낮에도 만났던 장군이었다.

장군은 우리를 보고서 다급히 다가왔다.

『어째서 아우구스트 전하께서 이런 곳에 계십니까?!』

"하오의 집이 불탄 것을 봤지. 현장에 가보니 하오가 도망쳐 유황전으로 갔다고 해서 와봤다."

『이런 상황에 그렇게 잠깐 물건 사러 나온 것처럼 말씀하셔도…….』

실제로 전장이 된 현장에 그렇게 가벼운 태도로 찾아올 줄은 꿈에도 몰랐겠지.

장군은 상당히 당황한 표정이었다.

"이렇게 보여도 우리는 상당한 아수라장을 겪어왔지. 걱정할 것 없다."

『그, 그러십니까.』

"그래. 그런데 상당히 고전하는 모양이다만, 우리도 가세해도 될까?"

오그가 그렇게 말하자 장군은 잠시 고민한 뒤 고개를 저었다.

『아니요, 그러실 필요 없습니다. 이건 우리나라의 문제. 타국의 사자이자 왕족이신 전하의 힘을 빌릴 수는 없습니다.』

장군은 오그를 똑바로 바라보며 말했다.

"그런가. 주제넘은 말을 했군. 용서해라."

『전하의 호의는 감사히 받겠습니다. 부디 기분이 상하지 않으셨기를.』

"알고 있다. 하지만 만약 위험해지면 가세하겠다."

『그렇게 되지 않도록 노력하겠습니다.』

장군은 그렇게 말한 뒤 다시 전장으로 달려갔다.

『이 자식들! 다른 나라의 사자이신 아우구스트 전하의 앞에서 추태를 보일 생각인가?! 이런 상태면 전하께서 어떻게 생각하시겠나? 쿠완롱의 병사는 수준 낮은 얼간이들이라고 서방 세계 사람들의 놀림거리가 될 것이다!』

장군이 그렇게 말하자 병사들의 사기가 눈에 보일 정도로 높아졌다.

다른 나라의 사자 앞에서 추태를 보인다면 국군 병사로서 창피하기 그지없을 것이다.

하지만.

"아니, 그런 말을 퍼뜨릴 셈은 없다만……."

오그는 자신이 병사의 사기를 올려주기 위한 빌미로 사용된 것에 당황했다.

평범하게 생각하면 국가 간의 사이가 나쁘지 않으니 그런 말을 하지는 않을 텐데.

"뭐 어때. 덕분에 병사들의 사기가 오른 모양이니까 좋잖아?"

실제로 방금까지 밀리던 병사들이 지금은 하오를 내몰고 있었다.

『큭! 뒤에서 공격한다고?! 비겁한!』

『시끄럽다! 얌전히 항복해!』

『네놈들은 나라를 지키는 병사의 긍지가 없는 건가?! 정면에서 덤벼라!』

『역적이 할 소리냐!』

장군의 그 한 마디가 하오의 분노를 터뜨린 듯하다.

하오가 두른 마력의 질이 달라졌다.

『역적? 내, 내가 역적이라고?! 웃기지 마라! 나는 곧 이 나라를 이끌 황제가 될 거다! 그런 내게 무슨 소리를!』

『헛소리 마라! 얘들아! 이 녀석은 황위 찬탈을 꾸미는 반역자다! 생사를 따지지 않겠다! 확실히 쓰러뜨려라!』

『『『예!』』』

장군의 한 마디로 병사들의 공격이 더욱 거세졌다.

지금까지 생포에 중점을 두고 있었기에 마음껏 공격할 수 없었을 것이다.

그러나 생사 불문이라는 명령이 떨어져 병사들은 주저하지 않게 됐다.

방금 황위를 찬탈하겠다고 말했으니까.

이제는 범죄자가 아니라 국가 반역자임이 확실해졌다.

그러나 그것은 하오에겐 용서할 수 없는 폭언이었던 듯하다.

『반역자라고…… 내가 반역자라고?!』

다시 하오의 마력이 변했다.

뭐랄까, 시커먼 것이 포함되기 시작했다.

이건…….

"오그, 좀 위험할지도 몰라."

"그래. 이건 좋지 않은 징후로군. 만약의 사태가 벌어질 가능성이 있다. 다들 준비해둬라."

""""네!""""

오그의 말을 듣고 방관하던 자세에서 전투 준비 자세로 들어갔다.

이걸로 만약의 사태가 벌어져도 곧바로 대처할 수 있다.

그렇게 우리가 전투 준비를 하는 사이에도 하오의 마력은 점점 부풀었다.

『나는 이 나라의 황제가 될 몸이다! 그런 내게 거스르는 네놈들이야 말로 반역자다!』

『불쌍하군. 결국 헛소리까지 할 지경이 됐나!』

『크으으…… *끄아아아!*』

『우옷!』

장군의 도발을 받은 하오는 드디어 인내심이 한계에 달했는지 돌연 대량의 마력을 방출하며 주위를 둘러싼 병사들을 날려버렸다.

장군도 그 충격을 받고 쓰러졌다.

『이런!』

당연히 하오는 그 틈을 놓치지 않았다.

병사의 포위망을 돌파한 뒤 안뜰에 놓였던 레일건 앞에 도달하고 말았다.

『흐히히…… 이것만 있으면…… 이것만 있으면…… 이 나라는 내 것이…….』

……말투가 점점 이상해졌다.

이거…… 진짜 큰일인가?

"잠깐! 월포드 군! 여유 부릴 때임까?! 저 녀석이 그 무기 앞에 서고 말았슴다!"

"전하도~! 왜 그렇게 침착한 거예요~!"

내가 하오의 상태가 이상해진 점에 주목하고 있으니 마크와 유리가 다급히 우리에게 말을 걸었다.

"아니, 신이 침착하니 문제없을 거라고 생각했다만."

"월포드 군?"

"무슨 말씀이에요~?"

오그가 당황하지 않은 이유를 설명하자 마크와 유리는 나를 보았다.

그러고 보니 결국 저 무기에 대해 아무런 이야기도 하지 않았구나.

그래서 침착한 것이 이상해 보였겠지.

"응, 아마 저 무기는 기동하지 않을 거야."

"어째서 그걸 안다는 검까?!"

"응? 뭐, 감이랄까?"

"뭐어~?"

유리는 무척이나 황당한 표정이었다.

사실 감이라고 말했지만, 기동하지 않는다는 것은 확실히 알고 있다.

아니, 기동은 하겠지만.

『흐히히! 죽어…… 죽어라아아!』

그렇게 대화하는 사이, 하오는 레일건의 총구를 병사에게 겨누고 마력을 보내 기동했다.

『큭! 전원 방어해라!』

『흐하하! 이미, 늦었다!』

장군의 명령으로 일제히 방어 부적을 전개한 병사들.

그런 병사들은 신경 쓰지 않고 마도구를 기동한 하오.

병사들은 다가올 충격에 대비해 온몸을 웅크리고 방어 부적 뒤로 숨었다.

그러나…….

얼마 후 병사들의 얼굴에 당황이 감돌았다.

올 거라 예상했던 충격이 오지 않으니 당연한 일이겠지.

두리번두리번, 가까이에 있는 병사들끼리 얼굴을 마주 보았다.

그리고 시선을 전방의 하오에게 보내자 더욱 당황하게 됐다.

레일건은 부웅 하는 소리를 내며 기동했지만 그 이상 아무 일도 일어나지 않았다.

기동한 하오도 당황했다.

『어, 어째서?! 어째서 전처럼 공격하지 않는 거지?!』

하오는 비장의 수단이라고 여겼던 무기가 효과를 발휘하지 않아 당황하며 연신 마력을 보냈지만 여전히 아무 일도 일어나지 않았다.

당연하지. 탄이 떨어졌으니까.

『잘 모르겠지만, 지금이다! 하오를 붙잡아라!』

그리고 장군은 이때를 놓칠 사람이 아니었다.

장군의 호령으로 방금까지 당황하던 병사들이 하오에게 쇄도. 순식간에 하오를 구속했다.

『놔라! 이거 놔!』

하오가 큰소리로 외쳤지만 병사들이 하오를 놔줄 리가 없다.

몇 명에서 하오를 억누른 채 팔을 뒤로 묶어 구속했다.

『후우, 성가시게 굴긴.』

장군은 그제야 안도한 표정을 했지만 이내 다부진 표정으로 하오의 앞에 섰다.

『하오. 황제 폐하께 반역해 그 황위를 찬탈하려 한 것을 확실히 보았다. 지금부터 네놈을 국가 반역죄의 대역 죄인으로서 처형하겠다.』

조용한 목소리로, 장군은 하오에게 말했다.

그리고 마지막으로 조소를 지으며 말했다.

『꼴좋군.』

아마도 그 한 마디가 방아쇠가 되었을 것이다.

하오의 몸에 붙은 마력의 질이 극적으로 변했다.

방금까지는 검은색이 혼재한 느낌이었지만 지금은 확연한 검정이었다.

『이 자식…… 이 자식! 이 자식! 이 자식! 이 자시익!』

하오는 그렇게 말한 뒤 시커먼 마력을 주위로 방출했다.

아…… 이 광경은 본 적이 있다.

이건…….

"어쩐지…… 카트가 마인이 됐을 때가 떠오르네."

아마도 다들 같은 생각이겠지.

마리아의 말을 부정하는 사람은 없었다.

그리고.

『우웃?! 뭐지?!』

『우앗!』

『힉!』

하오를 억누르던 병사들이 다시 날아갔다.

장군은 두 번째다 보니 이번엔 견뎠지만 하오에게 무슨 일이 일어났는지 알 수 없어 당황했다.

그건 주변 병사들도 마찬가지라 다들 똑같이 서로의 얼굴을 마주 보았다.

그러나 우리는 하오에게 무슨 일이 벌어졌는지 알 수 있었다.

지금까지 우리가 잔뜩 상대했던 것.

다시 말해…….

"역시 마인이 됐나……."

그렇다, 하오는 마인이 됐다.

『우오오오오!』

『뭐, 뭐냐, 저건?!』

장군은 마인을 처음 봤을 것이다.

마인이 되어 포효하는 하오를 보고서 상당히 당황한 목소리를 냈다.

"저, 저게 뭔가요……?"

이쪽도 처음 봤는지 샤오린 씨가 마인이 된 하오를 보며 떨었다.

자세히 보니 샤오린 씨만이 아니라 리판 씨도 필사적으로 떨림을 억누르려 하고 있었다.

"샤오린 씨와 리판 씨는 처음 보겠군. 저건 마물이 된 인간……마인이다."

"마, 마물?! 인간이요?!"

『어이! 뭐지?! 뭔가 알고 있나?!』

마인이 뿜어내는 불길한 마력에 압도되어 전율하는 병사들과는 다르게 질리도록 마인과 싸웠던 우리는 다시 마인과 만났다고 해서 당황하지 않는다.

그런 태도와 샤오린 씨와 대화를 나누는 모습으로 우리가 뭔가 알고 있으리라 생각했을 것이다.

장군이 우리 쪽을 보며 외쳤다.

『저, 저건 인간이 마물이 된 것이라고 합니다!』

그 장군에게 샤오린 씨가 우리의 통역이 아닌 자신의 뜻으로 외쳤다.

『마물?! 설마…… 저것이 구인(咎人)인가?!』

『구인……?』

샤오린 씨는 장군이 뭔가 소리친 내용을 알 수 없는 듯했다.

이번엔 샤오린 씨가 당황한 표정을 했다.

"왜요? 장군이 뭐라고 했나요?"

"저, 저기, 제가 저건 마물이 된 인간이라고 말했더니 장군은 저걸 구인이라고 말했습니다."

"구인? 죄를 범한 인간이라는 뜻인가?"

"그런 의미인데…… 어째서 마인을 구인이라고……?"

샤오린 씨가 장군의 말을 알려줬는데, 구인이라고?

장군은 어째서 그런 표현을 한 거지?

"그 이야기는 흥미롭지만 안타깝게도 시간이 됐다."

오그의 말로 마인이 된 하오를 보자 방금까지 이어진 포효를 멈추고 우리를 노려보고 있었다.

그 눈은 새빨개져 있었다.

"아…… 아…… 아아……."

큰일이네.

샤오린 씨가 처음 보는 마인의 흉악한 마력에 압도됐다.

공포로 몸이 움직이지 않는 듯했다.

"시실리, 샤오린 씨를 뒤로 물러나게 해줄래?"

"알겠어요."

나는 시실리에게 샤오린 씨를 맡기고 다시 하오를 보았다.

마인이 된 하오는 흉흉한 마력을 두른 채 병사들을 보며 씩 웃었다.

『힉!』

큰일이다!

병사들도 마인의 마력이 압도됐어!

저 상태로는 저항도 하지 못한 채 공격받게 된다.

그렇게 생각한 순간, 하오가 마력을 끌어올려 병사들에게 마법을 쏘았다.

『우와아아!』

마법이 병사들에게 떨어지는 순간, 나는 병사와 하오 사이에 마력 장벽을 전력으로 전개했다.

느, 늦지 않았어!

"물러나세요! 방해돼요!"

나는 하오의 공격을 막으며 주저앉은 병사에게 그렇게 말했지만 병사는 『아…… 아……』하고 말할 뿐 전혀 움직이려 하지 않았다.

쳇! 말이 통하지 않지!

"리판 씨!"

"네?! 『이, 이봐! 물러나라! 전하 일행의 방해가 된다!』"

내 의도를 파악한 리판 씨가 통역해주었다.

그러자 방금까지 공포로 몸이 굳었던 병사들이 재빨리 도망쳤다.

병사로서는 좀 그렇지만 쓸데없는 죽음을 막았다는 면에선 훌륭하다.

"장군. 미안하지만 여기서부턴 우리가 처리하겠다. 괜찮겠지?"

오그의 말을 리판 씨가 통역하자 장군은 굉장히 난감한 표정을 했다.

『하, 하지만…… 우리나라의 문제를 타국의 왕태자 전하께 맡길 수는…….』

"그런 말을 할 때인가? 그리고 마인 토벌에 관해선 우리가 더 익숙하다. 이상한 일이 아니야."

그렇게 말하자 장군은 복잡한 표정을 했지만 결국 포기해준 듯하다.

『……알겠습니다. 부탁드립니다.』

"그러지."

오그와 장군의 대화가 끝나자 하오의 마법도 멈췄다.

『으……? 으어어어어?』

사용한 마법으로 아무도 죽지 않았다는 것이 알 수 없었겠지.

하오는 고개를 갸웃하며 신음했다.

"이 녀석…… 이성이 남아 있지 않네."

하오의 모습은 예전에 할아버지에게서 들었던 마인의 모습과 무척 흡사했다.

이성을 잃고 의미를 알 수 없는 신음을 흘리는 존재.

지금까지 싸웠던 마인 중 카트는 절반 정도였지만 다들 이성이 남아 있었으니 지금 이 모습이 이질적으로 보였다.

마인이란 이런 존재인가…….

『으으으아아아아아!』

사람의 모습으로 흉흉한 마력을 흘리며 이성이 조금도 남지 않아 알 수 없는 소리를 낸다.

강함으로 말하자면 이성이 있는 마인이 압도적으로 강하지만 뭐랄까…….

"으…… 사람의 모습이지만 존재가 완전히 마물이다 보니 이쪽이 더 이상하게 느껴져……."

그렇다. 마리아의 말처럼 어설프게 사람의 모습이다 보니 이 마인 쪽이 근원적인 공포가 느껴졌다.

이성이 있는 마인은 눈과 마력 이외에는 사람과 다름없었으니 그런 느낌은 들지 않았다.

그러나 지금 눈앞에 있는 마인은 사람의 형태를 하고 있지만 인간의 말을 하지 않는다.

그 사실에 강렬한 위화감이 드는 거겠지.

『크오오오오!』

"쳇!"

처음으로 이성을 잃은 마인을 보고 당황한 사이에 하오가 다시 마법을 쏘았다.

장벽을 부술 정도는 아니지만 어떻게든 해야 해!

"오그! 이 녀석을 어떻게 하지?! 쓰러뜨려도 돼?!"

"장군! 저렇게 되면 이제 인간으로 되돌릴 수 없다. 해치워도 상관없겠지?"

마인이 됐다지만 일단은 다른 나라 사람이고 재판을 받기 전이다.

내 손으로 처리해도 될지 망설이자 오그가 장군에게 물었다.

『구인은 토벌하는 것이 관습이다! 해치워도 상관없어!』

장군의 승인이 떨어졌다.

하지만 이곳은 황제의 거처가 있는 안뜰.

마인을 쓰러뜨릴만한 마법은 쓸 수 없다.

그렇다면!

"하아앗!"

이공간 수납에서 바이브레이션 소드를 꺼내 마법을 멈춘 하오에게 돌진.

하오가 다음 마법을 쏘기 전에 비스듬하게 그어 내렸다.

『그……아…….』

검의 궤적을 따라 하오의 몸이 비스듬하게 미끄러졌다.

그리고.

털썩하는 소리와 함께 하오는 그 자리에서 쓰러졌다.

『오……아…….』

목이 잘린 것이 아니라 한동안 살아있던 하오는 이내 움직임을 멈추고 완전히 숨을 거뒀다.

"후우……."

슈투름이나 제스트, 로렌스 일행과 비교하면 훨씬 약했지만 이번 마인은 정신적으로 꺼려지는 녀석이었다.

우리와 같은 모습이지만 내용물이 전혀 다르다는 것이 이렇게나 기분 나쁘다니.

나는 다시금 인간이 마인이 되는 공포를 느꼈다.

그렇게 내가 벤 하오를 내려다보자 오그가 다가왔다.

"흠. 이번엔 제대로 적절한 방법을 선택했군. 어쩐 일이지?"

입을 열자마자 실례되는 말을 하다니.

"너 말이야…… 여긴 황제의 거처잖아. 그런 곳에서 강력한 마법을 쏠 수는 없잖아!"

대체 나를 어떻게 보는 건지.

상황에 맞춰 싸울 수 있다고!

"……크루트의 밭."

"……."

오그의 한 마디에 나는 할 말이 없어졌다.

아, 아니 그건 시실리를 노리니까 화가 났다고나 할까…….

"그, 그런 절차를 밟지 않으려고 노력했잖아……?"

내가 조심스럽게 말하자 오그는 훗 하고 웃었다.

"그건 당연한 일이다. 그런 당연한 일을 할 수 없으니 아무리 지나도 상식을 익혔다고 볼 수 없는 거지."

"크으……."

입은 자유롭다.

그래도 전혀 반박할 수 없어!

"자, 우선 이걸로 관련된 소동은 끝났군. 그럼 다음은……."

오그는 그렇게 말한 뒤 장군을 보며 말했다.

"구인이 무엇인지 알아보도록 할까."

마인이 된 하오를 토벌한 우리는 장군 앞으로 다가갔다.

방금 했던 발언의 의미를 묻기 위해서.

장군의 근처에는 방금 피난시켰던 샤오린 씨와 그녀를 도운 시실리도 있었다.

"장군, 방금 마인을 구인이라고 했지? 그게 무슨 뜻이지?"

오그가 그렇게 묻자 장군은 샤오린 씨와 리판 씨를 보며 말했다.

『너희는 구인에 관해 뭔가 들은 적이 있나?』

질문을 받은 샤오린 씨와 리판 씨는 고개를 저었다.

"장군이 뭐라고 했지?"

"구인에 관한 이야기를 들은 적 있는지 질문을 받았어요."

그래서 고개를 저은 건가.

들어본 적 없다고 했으니까.

그런 샤오린 씨와 리판 씨의 반응을 본 장군은 잠시 침묵

한 뒤 입을 열었다.

『이건 극비 사항이니 누설해선 안 된다. 전하 일행께도 부탁드립니다.』

"그래, 알고 있다."

『그럼 이 두 사람은 알겠지만 전하 일행께서는 마법을 쓸 수 없는 사람이 쓸 수 있게 되는 방법을 알고 계십니까?』

"그래, 들었다. 마석을 먹는 거라지?"

『그렇습니다. 그럼 그것이 금기된 이유도?』

"마석을 먹은 인간은 마력이 불안정해져 결국 죽음에 이르기 때문이라고 들었다만."

오그가 대답하자 장군은 고개를 살짝 떨궜다.

『그렇습니다. 그것이 이 나라에서 널리 알려진, 마석을 먹어선 안 되는 금기의 이유입니다.』

웅? 뭔가 지금 말에 위화감이…….

대체 뭘까 생각하고 있으니 오그가 먼저 위화감의 정체를 깨달았다.

"널리 알려졌다고……. 그렇다면 혹시 진짜 이유가 따로 있다는 말인가?"

아, 그거다.

위화감이 든 이유를 알게 되어 개운해졌다.

『대단하십니다. 전하. 말씀대로 마석을 먹어선 안 된다는 금기의 이유는 사실 조금 다릅니다.』

"조금?"

『네. 거의 같습니다. 하지만……..』

장군은 거기서 말을 끊고서 우리의 얼굴을 둘러보았다.

『마석을 먹는다 해도 죽는 건 아닙니다.』

"""어?"""

잠깐만.

마석을 먹으면 죽으니 먹으면 안 된다는 거잖아?

그게 아니라니, 어떻게 된 거지?

『무, 무슨 말씀입니까? 저희는 어렸을 때부터 잘못된 이야기를 배웠다는 말씀인가요?』

샤오린 씨가 반사적으로 장군에게 질문했다.

참고로 샤오린 씨의 말은 리판 씨가 통역해주었다.

그 질문을 받은 장군은 샤오린 씨에게서 시선을 피하며 말을 이었다.

『전부 거짓은 아니다. 실제로 지금까지 마석을 먹은 자는 예외 없이 모두 죽었지. 바로 죽은 사람도 있고, 시간을 두고 죽은 사람도 있다. 하지만 오래 산 사람은 없지.』

예외 없이 죽었다. 그리고 오래 살 수 없다.

그렇다면 결국 죽는다는 거잖아.

어디가 다르다는 거지…….

아니, 잠깐?

확실히 마석을 먹으면 마력이 불안정하게 된다고 했지.

방금 쓰러진 하오는 마석을 먹어 마법을 쓸 수 있게 됐지만 마력이 불안정해지고 정신적으로 내몰려 마인이 됐다.

그리고 금방 토벌됐는데…….

"아."

나도 모르게 목소리가 나오니 장군이 시선을 보냈다.

『깨달았나?』

"네. 마석을 먹은 자는 예외 없이 죽었다. 하지만 사실과는 조금 다르다. 그 말은 즉, 사인이 마석이 아니라……."

『그렇다. 마석을 먹은 자는 마물이 되기 쉽지…… 아니, 지금까지의 기록으로 볼 때 분명 마물이 된다. 그렇다면…….』

"사인은…… 마물 토벌이라는 이름의 살해군요."

『그런 거지.』

나는 마석을 먹은 자는 죽음에 이른다는 말을 듣고 마석을 독극물과 같은 것이라고 여겼다.

실제로 샤오린 씨나 다른 사람들도 그렇게 생각했을 것이다.

그래서 마석을 가루로 만들어 가공하는 부적 제작 공장에서는 엄중하게 관리하고 있다.

그러나 사실은 그런 것이 아니었다.

마석을 먹은 자는 빠짐없이 마인이 되어 토벌당했기 때문에 죽었다.

"그, 그런 일이……."

그 이야기를 처음 들은 샤오린 씨도 충격을 감추지 못했다.

그만큼 충격적인 이야기였다.

그렇구나…….

사실을 말할 수 없는 것도 이해가 되네.

장군이 누설해선 안 된다고 말한 의미도 이해할 수 있었다.

하지만 그렇게 되면 또 다른 의문이 생긴다.

장군의 이야기로는 과거에 몇 번이고 마석을 먹어 마인이 된 인간이 있을 것이다.

그런데 금방 토벌했다고?

쿠완롱의 군사력이 그렇게 강한 걸까?

내가 그런 생각을 하고 있으니 애초에 진실을 숨겨둔 사실에 의문을 품은 마리아가 장군에게 질문했다.

"하지만 어째서 진실을 숨길 필요가 있나요? 마석을 먹으면 마물이 된다고 공표하는 편이 강한 인상을 심어줄 것 같은데요."

마리아 외에도 같은 의견인 사람이 있는지 「확실히」「그러는 편이 더 억지력이 있지 않을까?」 라고 말하는 목소리가 들렸다.

말은 이해하지 못하지만 분위기로 보아 이해하지 못했다는 것을 알아차린 모양.

장군이 모두를 달래듯 이야기했다.

『안타깝지만 그럴 수 없다.』

"네? 어째서요?"

마리아와 마찬가지로 이해할 수 없었던 마리아가 반응했다.

『그건 마석을 먹는다고 해서 반드시 죽는 것은 아니기 때문이지.』

장군은 그렇게 말한 뒤 모두를 둘러보았다.

『마석을 먹으면 마물이 된다. 그 시점에서는 아직 죽지 않았지?』

"아, 그렇구나. 마물이 되어 토벌당하니 죽는 거였어."

그 설명으로 앨리스도 이해한 듯하다.

『그래. 토벌당하지 않으면 죽지 않지.』

숨겨두는 이유가 그것이다.

마물이 되어도 토벌당하지 않으면 죽지 않는다.

즉, 살아남을 가능성이 있다는 뜻이다.

『지금까지는 토벌해왔지만 혹시 놓치면 어떻게 될까? 실제로 지금 토벌에 실패할 뻔했지.』

"그리고 만약 상당한 원한을 지닌 사람이 자신의 몸이 어떻게 되든 상관하지 않고서 복수하려고 한다면 그 수단을 사용할 가능성도 있겠지."

『전하의 말씀대로입니다. 과거의 기록에선 그런 목적을 위해 마석을 먹은 자가 있었다고 합니다. 그래서 마석을 먹으면 반드시 죽는다고 알렸다고 합니다.』

"그렇군. 하지만 그걸 아는 것치고는 이번엔 대처가 늦은 모양이다만."

『면목 없군요. 다만 변명을 하자면 마석을 먹은 자가 나타난 것은 수십 년만이었습니다. 저도 경험해본 적이 없었으니 설마 그 순간에 마물이 될 줄은 몰랐습니다.』

그 말을 들은 오그는 조금 자조적으로 웃었다.

"미안하군, 짓궂은 말을 했다. 그러고 보니 우리도 처음 마인을 상대했을 땐 아무것도 하지 못했지. 우리나라에선 어렸을 때부터 마인은 두려운 존재라고 들었으면서도 말이다. 결국 신이 대처해주지 않았더라면 우리는 여기에 없었을지도 모르지."

『그랬군요. 그나저나 신 님은 놀랍더군. 설마 구인을 그렇게나 간단히 토벌할 줄은 꿈에도 생각 못 했다.』

오그와 장군이 나를 보며 그렇게 말했다.

아, 그렇게 갑자기 칭찬하면 부끄럽다고.

"아니, 그게. 우리는 지금까지 이성이 남은 마인을 상대했었으니까요. 이제와서 이성을 잃은 마인을 위협적으로 느끼지 않게 됐을 뿐이에요."

『그런가. 그 나이에 상당한 경험을 했나 보군.』

"뭐, 나름대로요."

『겸손할 것 없다. 그나저나 하오의 패인은 전하나 신 님 일행의 실력을 몰랐다는 거겠지.』

장군은 우리가 이야기 나누는 뒤에서 작업하던 병사들이 회수하는 하오의 유체를 보며 그렇게 말했다.

"그렇게 되면 더더욱 의문이로군. 어째서 마인을 『구인』이라고 부르지? 마물이 된 인간이니 마인이라 해야 할 텐데?"

오그가 그렇게 묻자 장군은 알 수 없다는 표정을 했다.

『그렇게 물으셔도…… 마석을 먹는 금기를 범해 마물이 된 인간이니 죄를 저지른 자…… 구인이라고 부르는 것이 아닐까요?』

그렇게 말하는 장군을 보고서 나는 어떤 사실을 깨달았다.

"저기, 혹시 마석을 먹는 것 이외의 방법으로 마인이 된 사람은 없었나요?"

『있을 리가 없지. 구인이 됐던 건 모두 마석을 먹은 인간뿐이다.』

"그런 건가……."

이것으로 방금 의문도 해소된다.

쿠완룽에서 마물이 된 사람은 구인뿐이었다.

우리가 아는 마인은 마석을 먹는 것이 아니라, 어디까지나 가설 단계지만 고위 마법사가 강한 원한과 증오로 마력을 폭주시켜 마인이 된다.

그래서 과거에 할아버지와 할머니가 토벌한 마인은 나라를 없앨 정도로 강했고, 슈투름은 마인 군단을 만들어 나라뿐만 아니라 세계를 없애려 했다.

그에 비해 쿠완룽에서는 원래 마법을 쓸 수 없는 사람이 마석을 먹어 마력이 불안정하게 되고 어떤 계기로 마인이 된다.

바탕이 되는 마법 실력이 낮으니까 마석을 먹어 마인이 된 자는 우리가 상대했던 마인보다 실력이 상당히 떨어진다.

그래서 토벌할 수 있었겠지.

"감사합니다. 여러모로 이해가 됐어요."

『그래. 하지만 아까도 말했지만 절대로 누설하진 말아다오. 너희도 마찬가지다.』

『알고 있습니다.』

장군은 우리에겐 부탁하는 태도로 말했지만 샤오린 씨와 리판 씨에겐 고압적으로 말했다.

역시 다른 나라 사람과 같은 나라 사람을 대하는 태도가 다르구나.

결국 두 사람 모두 상당히 위축되고 말았다.

『그럼 물어보실 것은 더 없습니까?』

"그래. 시간을 뺏어서 미안했다."

『아니요. 그럼 전 이번 일의 사후 처리가 있으니 이만 실례하겠습니다.』

장군은 오그에게 인사한 뒤 바삐 움직이는 병사들에게 다가갔다.

그것을 지켜본 우리는 너 나 할 것 없이 한숨을 쉬었다.

"굉장한 이야기를 들었네……."

"그래. 역시나 신도 그런 사정은 몰랐던 모양이군."

"당연하잖아. 애초에 학원에서 마석을 받기 전까지 그런

게 있는 줄도 몰랐으니까."

"그것도 그렇군. 뭐 다들 마인이 얼마나 위협적인지 누구보다 잘 알 테니 누설하지 않겠지만 말조심해라. 특히 휴즈."

오그는 우리 중에서도 린을 보며 그렇게 말했다.

"전하, 너무해요. 아무리 나라도 이건 말해선 안 된다는 건 알아요. 그리고 어째서 나만 주의를? 앨리스에게도 주의를."

"잠깐! 린, 그건 너무하잖아!"

"휴즈, 너는 마법 학술원에 드나들고 있잖아. 마법을 주제로 대화할 일도 많지 않나?"

"확실히 자주 의논해요."

"그중에 마법의 소질이 없는 자가 마법을 쓸 수 있게 되려면 어떻게 해야 하는지 논의하지는 않나?"

"자주 해요. 이번 일은 대발견…… 아."

아, 이거 내가 오그에게 자주 당하는 패턴이다.

예상대로 오그는 부들부들 떨었다.

"그런 생각을 하지 말라는 거다! 알겠나? 절대로 말해선 안 된다! 오히려 잊어라!"

"그건 무리예요. 뇌리에 박혔어요."

"그럼 내가 잊게 해줄까?"

오그는 분노한 얼굴로 미소를 지으며 두 손에 번개를 둘렀다.

무서워라…….

"잊었어요. 이제 떠올리지 않을게요!"

아무리 린이라 해도 무서웠는지 허리를 꼿꼿이 세우고 경례하며 필사적으로 잊었다고 어필했다.

그런 린의 태도를 본 오그는 두 손에 둘렀던 마력을 흐트러뜨렸다.

"정말이지…… 일단 이걸로 하오 일은 끝났다. 이제는 교섭이 다시 시작될 시기에 관해 쿠완롱 측에서 연락이 오기를 기다리지. 돌아간다."

오그는 그렇게 말한 뒤 유황전의 출구를 향해 걸었다.

하오라는 최대의 방해가 사라졌으니 이제 원활하게 풀렸으면 좋겠네.

그런 이야기를 나누며 우리는 밍 가로 돌아갔다.

다음 날, 어떤 것이 하늘에서 떨어졌다며 일부 지역에서 소동이 벌어졌는데 어째서 그런 일이 벌어졌는지 진상을 알 수 없어 쿠완롱 수도 이롱에서 일어난 불가사의한 사건으로 오랫동안 전해져 내려오게 됐다.

종장

하오가 마인이 되어 유황전을 습격한 날로부터 며칠 후.

우리는 쿠완롱 정부의 연락이 올 때까지 밍 가에서 느긋하게 지내게 됐다.

어쩌면 하오를 신봉하는 잔존 세력이 남았을지도 모르니 한동안 경계했지만 밍 가를 습격하기는커녕 감시하는 사람조차 나타나지 않았다.

밍 가에서는 병이 나은 스이란 씨가 유황전으로 몇 번인가 불려가 용 사냥과 용 가죽 거래 금지법의 철폐에 관해 의견을 전달했다.

그때의 상황을 알려줬는데, 다들 적극적으로 법안 폐지를 위해 움직이고 있다고 한다.

그것만이 아니라 하오의 사욕을 위해 입안된 법안으로 폐업할 수밖에 없었던 전 용 가죽 업자에게는 하오에게서 몰수한 재산으로 지원하는 안까지 나왔다고.

그것도 문제없이 가결될 것이라고 한다.

하오를 어지간히 싫어하는 사람이 많았구나.

마치 하오의 흔적을 없애려는 것처럼 느껴지기도 했다.

하긴 마지막에는 황제를 살해하려고까지 했으니까.

앞으로 하오의 이름은 천하의 대역 죄인으로 전해질 것이다.

자업자득의 표본이구나.

스이란 씨 일을 포함해 이제야 안심할 수 있는 상황이 되자 우리는 처음으로 이룡을 산책할 수 있게 됐다.

"이쪽, 입니다."

이날은 스이란 씨의 안내로 나와 시실리, 그리고 데리고 온 실버, 그리고 통역을 위한 샤오린 씨까지 넷이서 수도를 산책했다.

『여기에 아동복도 파는 가게가 있어요.』

"쿠완롱의 옷은 서방 세계에서 보기 어려우니까 기대되는걸."

"후후, 그러네요."

"아으?"

그렇게 우리는 지금 옷가게로 가고 있었다.

이건 실버를 무척 귀여워해 준 스이란 씨가 꼭 실버에게 쿠완롱의 옷을 입혀보고 싶다고 제안한 것이 계기였다.

쿠완롱의 옷은 느낌은 조금 다르지만 중화풍 의상.

그런 옷을 실버가 입는다면…….

분명 귀여울 거라고!

그렇게 나와 시실리는 당장에 스이란 씨의 제안을 받아들였다.

『후후, 분명 실버 군에게 어울릴 거예요.』

"꺄이!"

스이란 씨는 우리를 안내하면서도 이따금 실버와 놀아주었다.

어린아이를 정말 좋아하는구나.

실버도 그런 분위기를 아는지 샤오린 씨보다 스이란 씨를 더 많이 따랐다.

"그나저나 실버 군과 놀아주는 언니는 다른 사람 같네요."

샤오린 씨는 실버를 돌보는 스이란 씨를 보며 복잡한 표정을 했다.

"그래요? 우리는 스이란 씨의 저런 모습밖에 몰라서요."

"일할 때와는 전혀 다른 사람이에요. 항상 신경이 곤두서 있거든요. 언니가 일할 때 곁에 있으면 긴장돼서 속이 쓰린 사람이 속출할 정도예요."

"그, 그렇게나 무서워요?"

"아니요. 무섭다기보다…… 엄격해요. 하지만 틀린 말을 하는 게 아니고 본인도 능력 있는 사람이니까요. 불만인 사람은 없어요."

"흠, 그리고 보니 저번에 『여자 몸으로 상회의 대표를 맡으면』 하고 말했는데, 여성 대표가 적은가요?"

"네. 없지는 않지만 극히 소수예요. 그런 세계에서 사는 사람이니 약점을 보이지 않으려고 필사적일 거예요."

그렇구나. 내 주변엔 강한 여성이 많았지만 쿠완룽에서는 아직 여성의 사회 진출에 대한 시선이 좋지 않은지도 모르겠다.

"그렇기 때문일까요. 언니는 사생활에서는 어머니가 되기를 강하게 바라는 것 같아요."

"그렇군요. 그걸로 마음의 균형을 잡고 있을지도 모르겠네요."

"하지만 언니에게 아이가 생기면 분명 엄격할 거라고 생각했는데 저 모습을 보니 푹 빠져서는 응석받아줄 것 같네요."

"하하하……."

나도 항상 실버의 응석을 받아주니까.

그에 대해선 할 말이 없다.

『도착했어요, 여기예요.』

샤오린 씨와 그런 이야기를 나누며 걷다 보니 어느새 목적지에 도착했다.

그곳은 역시 큰 상회의 대표가 이용하는 곳이다 보니 고급스러운 느낌의 가게였다.

"저기…… 여기 비싸지 않아요? 괜찮은가요?"

이룽을 산책한다고 했지만 환율이 아직 확정되지 않았기에 우리는 쿠완롱의 돈이 없다.

이번엔 스이란 씨가 제안했기에 물건은 전부 스이란 씨가 사기로 했다.

그러니 받는 입장에서는 지나치게 고가의 물건은 조금 죄송해지는데……

『괜찮아요. 신 님 일행은 그 악법이 철폐되는 계기를 만들어주셨잖아요. 그것으로 우리가 얻을 수 있는 이익은 셀 수 없을 정도예요. 그에 비하면 이 정도 지출은 아무것도 아니죠. 그러니 신 님과 천녀님도 마음에 드신 옷이 있으면 골라주세요.』

"그런가요. 그럼 신세 질게요."

"죄송해요, 스이란 씨. 고맙습니다."

"아으."

말은 그래도 역시나 미안해서 시실리와 함께 스이란 씨에게 고개를 숙여 인사하자 그것을 본 실버도 함께 고개를 숙였다.

그 무척이나 귀여운 광경에 우리만이 아니라 스이란 씨의 심장도 저격당한 듯하다.

『크으으! 귀여워!』

"냐으?"

갑자기 스이란 씨가 머리를 쓰다듬자 실버가 잠시 놀란 듯했지만 이내 칭찬이라는 것을 깨달았는지 즐겁게 웃었다.

『자! 실버 군에게 어울리는 옷을 아줌마가 골라줄게! 천녀님, 이리 오세요!』

"저, 저기! 사람들 앞에서 그렇게 부르지 말아주세요!"

시실리는 앞장서는 스이란 씨의 뒤를 다급히 쫓았다.

"어라? 혹시 지금 스이란 씨가 시실리를 천녀님이라고 불렀나요?"

"네, 불렀어요. 그래서 시실리 님이 그렇게 부르지 말라고 하셨죠."

"샤오린 씨가 통역해준 거 아니죠?"

내가 그렇게 말하자 샤오린 씨는 쓴웃음을 지었다.

"시실리 님이 아무리 그만두라고 말씀하셔도 언니는 천녀 님이라고 불렀으니까요. 그 단어만 기억하신 거겠죠."

"그런 거군요."

"그럼 저도 두 사람을 따라가겠습니다. 신 님은 어쩌시겠 어요?"

"글쎄요……."

지금부터 여자 셋이서 쇼핑이라.

가능하면 따로 행동하고 싶은데…….

"저는 가게를 적당히 둘러볼게요. 옷가게니까 말이 통하지 않아도 괜찮겠죠."

"그러시군요. 그럼 실례할게요."

샤오린 씨는 그렇게 말한 뒤 시실리와 스이란 씨에게로 갔다.

"그럼 어슬렁어슬렁 둘러볼까."

그렇게 나는 처음 온 쿠완롱의 옷가게를 물색하기 시작했다.

이 가게는 옷만이 아니라 장식품도 파는 듯하다.

대충 가게를 둘러본 감상은 역시 어딘가 과거의 중국과 같 은 인상을 받았다.

옷도 그렇지만 장식품도 알스하이드와는 정취가 다른 장

식이었다.

이런 디자인은 지금까지 본 적이 없었으니 알스하이드를 비롯한 서방 세계에서 잘 팔릴 것 같다.

반대로 서방 세계의 장식품도 이쪽에선 본 적이 없을 테니 잘 팔리겠지.

실제로 지금 나와 시실리를 점원이 힐끔힐끔 보고 있다.

저건 익숙하지 않은 손님을 본다기보다 우리의 옷을 보는 거겠지.

그 시선에는 수상히 여기는 기색이 없었다.

이거, 쿠완롱에도 좋은 교역이 되지 않을까?

서방 세계에서는 복수의 나라가 경쟁해 쿠완롱과 교역하겠지만 동방 세계는 쿠완롱 한 곳이다.

복수의 나라로 이익을 나누게 되는 서방 세계와는 다르게 동방 세계는 쿠완롱으로 모든 이익이 모인다.

특히 용 가죽은 분명히 팔린다.

실제로 내 눈앞에 있는 용 가죽을 사용한 재킷은 엄청 멋지니까.

소나 양 가죽을 사용한 옷은 서방 세계에도 있지만 용 가죽을 사용한 물건은 촉감부터 다르다.

마치 가죽으로 된 갑옷처럼 제법 단단하다.

그러나 관절 부위는 잘 가공해서 움직임을 방해하지 않도록 만들었는지 착용감이 나쁘지 않은 듯했다.

"멋지네…… 이건 얼마나 할까?"

그렇게 생각하고 가격표를 보았다.

숫자는 동방 세계에서도 같은 문자가 사용되는지 나도 볼 수 있었는데, 쿠완롱의 통화 단위로 적혀 있어서 서방 세계 기준으로는 얼마나 하는지 알 수 없었다.

분명 굉장한 고급품이겠지.

역시 그렇게나 비싼 물건을 사달라고 할 수는 없다.

나는 포기하고 용 가죽 제품 판매대에서 이동했다.

다시 가게 안을 둘러보고 있으니 어떤 옷을 파는 구역에 발을 들이게 됐다.

이, 이건…….

나는 거기에 놓인 옷을 진지한 얼굴로 음미하기 시작했다.

그리고 이거다 싶은 옷을 발견했을 때였다.

"신 군!"

시실리가 나를 불렀다.

그녀는 실버를 안고 있지 않았다.

"왜 그래…… 어, 오오……."

이제 옷을 다 골랐나 싶어 다가가니 시실리의 발밑에 권법가 같은 옷을 입은 실버가 있었다.

"귀, 귀여……."

"그렇죠?! 귀엽죠?!"

"응…… 엄청 귀여워……."

헐렁한 옷이 아직 아장아장 걷는 실버에게 엄청나게 잘 어울렸다.

나는 익숙하지 않은 옷을 입은 탓인지 살짝 어색해하는 실버의 앞에 무릎을 굽히고 두 손을 앞으로 내밀었다.

"자, 실버. 아뵤!"

"으? 이히! 아뵤!"

처음엔 고개를 갸웃하던 실버는 이내 의도를 파악하고 내 손바닥에 주먹을 내밀었다.

"『『귀, 귀여워!』』"

어린아이용 권법복을 입고 주먹을 뻗는 실버를 보고서 시실리와 스이란 자매가 흠뻑 빠졌다.

당연하지. 실버의 귀여움을 어떻게 이겨.

『이건 됐네요! 그럼 다음!』

"네?! 더 사주시는 건가요?"

『당연하죠! 이렇게 귀여운 실버 군을 볼 수 있다니…… 이건 저를 위해서예요!』

스이란 씨는 그렇게 말한 뒤 바로 다음 옷을 찾으러 갔다.

"와…… 얼마 전까지 병으로 누워 있었는데 굉장히 힘이 넘치시네요."

다시 시실리를 데리고 갔기에 샤오린 씨와 둘이서 남겨졌다.

"아하하…… 확실히 요양하고 있었지만 덕분에 일의 피로가 전부 풀렸다고 해요. 병도 완치됐으니 지금은 힘이 남아

도는 느낌이네요."

"그랬군요."

"네. 그런데 신 님은 뭔가 마음에 드신 물건이 있나요?"

"그게 실은⋯⋯."

샤오린 씨가 묻자 나는 아까 봐뒀던 옷을 말했다.

참고로 엄청난 고급품일 용 가죽 재킷은 말하지 않았다.

말하면 살 것 같으니까.

역시 그런 물건을 받을 수는 없다.

그건 쿠완롱과 환율이 정해진 뒤에 직접 사자.

그렇게 마음속으로 정했다.

참고로 내가 마음에 들었다고 말한 옷은 선물로 받았다.

더 비싼 옷이라도 괜찮다고 하지만 그것도 충분히 고급품일 것이다.

만져보니 아마도 실크가 사용된 것 같으니까.

그걸 아무렇지도 않게 사는 걸 보면 샤오린 씨는 명가의 아가씨라는 사실을 다시금 깨달았다.

그 후로도 스이란 씨가 실버의 옷을 골라주었고 실버가 지쳐 졸기 시작해서야 끝이 났다.

"죄송해요, 스이란 씨. 이렇게나 많이⋯⋯."

시실리는 우리가 전부 들 수 없어서 가게에서 마련해준 짐차에 쌓인 것을 보며 죄송한 듯이 그렇게 말했다.

『신경 쓰지 마세요. 아까도 말씀드렸지만 저를 위한 거기도 하니까요.』

"그래요. 감사합니다."

『후후, 잠든 실버 군도 귀엽네요.』

"으먀……."

스이란 씨가 미소 지으며 실버의 머리를 쓰다듬자 이미 내 품에서 잠든 실버는 음냐, 음냐, 입을 꼬물댔다.

참고로 실버는 처음에 샀던 권법복을 입고 있다.

그대로 입고 돌아가면 가게의 선전이 된다며 가게 쪽에서 부탁했다.

물론 귀여우니 곧바로 승낙했다.

『하아…… 저도 빨리 아이가 생겼으면 좋겠어요…….』

"이제 몸도 좋아졌으니 금방 그렇게 될 거예요."

『네…… 정말 고맙습니다. 천녀님과 신 님은 제…… 아니, 저희의 큰 은인이세요. 앞으로 무슨 일이 있으면 뭐든 말씀해주세요.』

"네. 감사합니다."

그런 이야기를 나누며 우리를 돌아갔다.

참고로 어째서 이공간 수납에 짐을 넣지 않았는가 하면 그것도 가게의 부탁이었기 때문이다.

옷을 담은 주머니는 가게의 이름이 적혀 있다.

그 옷을 대량으로 보여주고 실버는 그 가게의 옷을 입는다.

그것이 최고의 선전이라면서.

그것을 받아들인 것은 승낙하면 할인해주겠다고 했기 때문.

이걸로 스이란 씨의 부담을 조금이라도 덜어줄 수 있기를 바라며 받아들였다.

그렇게 천천히 거리를 걸으며 우리는 밍 가로 돌아갔다.

"후우, 좀 피곤하네."

"계속 잠든 실버를 안고 있었으니까."

체력적으로는 대단한 일이 아니지만 실버를 깨우지 않도록 신경 썼기에 정신적으로 피곤했다.

"고마워요. 신 군. 그럼 실버는 제가 맡을게요."

시실리는 그렇게 말한 뒤 내게서 실버를 받아들고 거실 소파에 눕혔다.

방으로 데려가 이부자리에 눕혀도 되지만 일어났을 때 아무도 없으면 울어버리니까.

그렇게 실버를 눕힌 뒤 둘이서 소파에 앉아 숨을 내쉬었다.

그 타이밍이 완벽히 겹쳤기에 우리는 서로 마주 보며 웃었다.

"오늘은 힘들었지만 정말 즐거웠어요."

"그래. 그러고 보니 실버의 옷 중에서 본 적 없는 게 있는데 그것도 귀여웠어?"

"네, 정말 귀여웠어요. 신 군도 분명 마음에 들 거예요."

"그래, 그거 기대되네."

그런 식으로 둘이서 온화한 시간을 보냈다.

한동안 그 시간을 만끽하고 있으니 문득 시실리가 물었다.

"그러고 보니 신 군은 아무것도 사지 않았나요?"

아, 맞다.

"실은 내 게 아니라 시실리의 옷을 샀어."

그렇다. 그때 내가 마음에 든 것은 여성복.

분명 시실리에게 어울릴 것 같았기에 샤오린 씨에게 부탁했다.

"네? 제거요?"

"응. 어디…… 아, 이거다."

나는 밍 가에 도착한 뒤 이공간 수납에 넣어둔 주머니 중에 시실리의 옷이 든 주머니를 꺼냈다.

"자, 이거."

"와…… 봐도 돼요?"

"응."

내가 그렇게 말하자 시실리는 옷을 꺼냈다.

"와, 예쁜 파란색……."

"시실리는 파란색이 어울리는 것 같아서."

"그리고 촉감이 정말 좋아요."

"아마 고급품일 거야. 그걸 쉽게 사주다니, 밍 가는 역시 부자네."

"그러게요. 저기, 입어 봐도 될까요?"

"물론이지!"

"그럼 잠깐 갈아입고 올게요."

시실리는 그렇게 말한 뒤 기쁜 얼굴로 옷을 들고 우리에게 배정된 방으로 들어갔다.

그렇게 한동안 기다렸지만 시실리가 나오지 않았다.

무슨 일인가 싶어 거실 입구로 시선을 돌리자 거기에 시실리가 있었다.

어째서인지 새빨개진 얼굴만 내밀고 이쪽을 보고 있었다.

"……왜 그래?"

내가 묻자 시실리는 부끄러운 듯이 꼼지락대며 말했다.

"저, 저기…… 이, 이거면 될까요……."

시실리는 그렇게 말하며 얼굴만이 아니라 전신을 보여주었다.

"와……."

푸른 차이나 드레스 느낌의 옷을 입은 시실리.

"어, 어때요?"

"굉장해…… 역시 잘 어울려. 아름다워……."

"아으…… 고, 고마워요. 하지만, 저기……."

"응?"

내가 칭찬하자 시실리는 부끄러워하면서도 기쁜 듯이 대답해주었다.

하지만 역시 부끄러운 듯했다.

"저기…… 이 옷은 왜 이렇게 위까지 파인 걸까요……."

시실리가 연신 허벅지 부근을 신경 쓰기에 바라보니 거기엔 다리 위쪽까지 깊게 파인 부위가 있었다.

"아……."

차이나 드레스의 갈라진 부분은 무릎 위 정도라고 생각했었다!

설마 이렇게 위까지 파였을 줄은…….

"부, 부끄러워요……."

그렇게 말하며 꼼지락대는 시실리.

"……."

다시 시실리의 모습을 바라보았다.

시실리의 몸 선이 아름답게 드러나고 예상보다 깊게 파인 다리 부위가 요염함을 자아냈다.

그 모습을 다시 확인한 나는 시실리의 손을 잡았다.

"어? 저기? 신 군?"

그 후 실버가 일어났을 땐 우리가 가까이에 없어 우는 소리가 저택에 울렸다.

그 후로 며칠이 더 지났을 때 유황전에서 사람이 찾아왔다.

준비가 됐으니 교섭을 재개하고 싶다는 연락이었다.

"이제야 왔군요. 기다리다 지쳤습니다."

나바르 씨는 그렇게 말한 뒤 안도한 표정을 했다.

"기다리다 지쳤다지만 나바르 외교관은 대기 중에 다양하게 움직이지 않았나. 그쪽은 이제 괜찮은 건가?"

"움직였다 해도 그냥 시장 조사일 뿐입니다만. 뭘 파는지,

어떤 물건에 수요가 있는지, 산책하며 조사했을 뿐 대단한 노력이 들어간 건 아닙니다."

"흠, 그런 걸로 해두지."

"아니, 그렇게 의미심장하게 말씀하셔도 정말 아무것도 없습니다."

오그는 나바르 씨가 무언가를 꾸미고 있다는 듯이 말했지만, 당사자인 나바르 씨는 황당한 표정이었다.

애초에 여긴 외국이니까.

통역이 없으면 대화도 할 수 없으니 뭔가를 꾸밀 수는 없겠지.

그리고 연락을 받은 다음 날, 우리는 다시 유황전으로 갔다.

전과 같은 회의실로 들어가자 그곳엔 지금까지 본 적 없던 관료들이 여럿 앉아 있었다.

여기에 모인 사람들은 아마도 다양한 부서의 높은 사람들일 것이다.

대화할 내용은 교역뿐만이 아니라 환율이라든가 대사관과 영사관의 설치, 상대 나라에 불가침 조약을 맺는 등 다양하다.

그러니 각 부서의 사람이 있는 편이 대화가 잘 통한다.

저번에 나왔던 관료는 하오 혼자뿐이라 다른 일은 전부 보좌관이 담당했었다.

공적을 독차지하고 싶었겠지.

관료들이 싫어하는 것도 당연하다.

그렇게 시작된 교섭은 실로 원활했다.

저번에 문제가 됐던 것은 용 가죽 거래에 관한 것뿐이며 다른 것은 거의 합의를 봤었고, 그때의 회의록이 남아 있으니 각 부서의 관료에게 확인을 받는 것만으로 끝났다.

용 가죽 거래도 그 법안이 철폐되어 전혀 문제없게 됐다.

다만 용을 토벌할 때는 면허가 필요하니 멋대로 쿠완롱에 와서 용을 사냥하는 것은 밀렵이니 주의해달라는 말을 들었다.

우리는 면허가 없이 용을 토벌했으니 괜찮을까 걱정했지만 이번엔 긴급 처치였다며 불문에 부치기로 했다고.

이렇게 쿠완롱과 알스하이드, 엘스의 국교가 수립됐다.

서방 세계의 다른 나라는 후에 다시 만나기로 했다.

이것으로 우리 얼티밋 매지션즈라는 조직의 첫 일이 끝이 났다.

……그렇게 생각했는데.

"그럼 이제 정식 서류를 작성해 협약을 체결하는군요."

『서류 작성에는 며칠 시간이 필요합니다. 서로의 언어로 적어야 하니 어긋나는 부분이 없도록 신중히 작성해야 하니까요.』

"그렇군요. 그럼 그 사이엔 다시 대기해야겠군요?"

『네. 그러니 한동안 머물러 주셨으면 하는데 괜찮으시겠습니까?』

"상관없습니다. 그럼 다시 밍 가로 연락 주십시오."

『알겠습니다.』

그렇지…… 우리의 일은 스이란 씨의 치료도 있지만 나바르 씨 일행도 호위해야 했다.

그렇다면 또 한동안 쿠완롱에 머물게 되겠네.

이제 끝이라고 생각했는데…….

"자, 그럼 밍 가로 돌아가 그쪽 교섭도 시작해볼까요."

"그래. 교역에 관한 규칙이 정해지기 전에 교섭하면 문제가 생길지도 모르니 미뤄뒀지만 우리에겐 그쪽이야말로 중요하지."

아, 그랬지.

스이란 씨와 마석 교역에 관해 독점 계약을 맺기로 약속했었다. 그나저나 어떤 정보를 손에 넣었는지에 따라 교섭이 이렇게나 달라지는구나.

두 사람 모두 교역 규칙을 정할 때 마석에 관한 정보는 전혀 꺼내지 않았다. 그 결과 서방 세계에서 가장 중요하다고 할 수 있는 마석 교역은 관세가 전혀 들지 않게 됐다.

뭐, 앞으로 어떻게 될지는 모르겠지만.

일단 마석 교역에 관해선 서방 세계가 유리하게 시작한 셈이다.

이렇게 다시 며칠 쿠완롱에서 머물게 됐는데 우리는 이번에야말로 할 일이 없었다.

아마도 샤오린 씨는 서류 작성을 위해 유황전으로 불려갈 테고 그렇게 되면 스이란 씨와 마석 교섭을 할 땐 통역을 리판 씨에게 맡기게 된다.

반대가 될 수도 있지만.

어쨌든 통역이 없으면 함부로 밖을 돌아다닐 수도 없다.

돈도 없으니까.

"내일부터 어떻게 할까."

어떻게 시간을 보낼까 고민하고 있으니 의외의 제안이 들어왔다.

"잠깐 괜찮을까요, 전하."

"뭐지, 플레이드."

"전하와 나바르 씨 일행이 스이란 씨와 교섭하는 동안 우리끼리 유적에 가도 될까요?"

오?

"유적에?"

"네. 여기에 올 때 비행정에서 이야기했지만 이전 문명과 같은 신기한 이야기를 좋아하거든요."

"그러고 보니 그런 이야기를 했었군."

"그래서 말이죠, 지금까지는 가십거리라고 생각하던 이전 문명이 정말로 존재한다니 꼭 조사해보고 싶어서요."

"그렇군……."

그건 내가 샤오린 씨에게 부탁해볼까 싶었던 일이다.

하지만 내가 유적을 조사하고 싶다고 말하면 수상하게 여길 수도 있으니 어떻게 말을 꺼내야 할지 고민하고 있었다.

토니의 제안으로 샤오린 씨도 수상히 여기지 않겠지.

잘했어, 토니!

"샤오린 씨, 유적에 들어갈 때 어떤 허가가 필요한가?"

"아니요, 들어가는 것 자체는 허가가 필요 없어요. 하지만 하오의 일로 말씀드렸겠지만 만약 무기가 나올 경우엔 나라에 신고할 의무가 있습니다. 그러니 조사원이 동행해야 해요."

"하오 때는?"

"그 녀석은 그렇게 보여도 이 나라 관료의 톱이었으니까요…… 그런 규칙은 무시하거나 묵살하기 일쑤여서……."

죽은 뒤에도 나오는 하오의 악행.

오히려 감탄스러울 정도네.

"그 조사원은 어디서 의뢰해야 하지?"

"유적 입구에 유적 조사단이 상주하는 곳이 있으니 거기서 의뢰하면 됩니다."

"그래, 알았다. 고맙군."

"아니에요."

"그렇게 됐다. 원래는 나도 따라가고 싶지만 이쪽도 중요한 교섭이니까. 폐를 끼치지 않도록 주의해라."

오그가 그렇게 말하자 앨리스와 린이 기뻐하며 답했다.

"알고 있다고요!"

"문제없음."

"너희가 제일 걱정이다만……."

""너무해!""

그런 대화를 나누며 웃고 있으니 샤오린 씨가 끼어들었다.

"죄송한데 저도 동행해도 될까요?"

"샤오린 씨도? 하지만 유황전에서 서류 작성하는 일은 어떡할 거지?"

"각 부서와 연계와 확인도 있을 테니 바로 완성되지 않을 거예요. 이 나라의 언어로 작성된 서류가 완성되지 않으면 제가 할 일은 없으니까요. 그러니 그때까지만이라도 데려가 주시면 안 될까요?"

샤오린 씨가 그렇게 말했기에 나는 살짝 토니의 얼굴을 보았다.

"딱히 상관없어요. 오히려 샤오린 씨가 와주면 통역도 부탁드릴 수 있으니까요."

"나도 괜찮아!"

"문제없음."

토니에 이어 앨리스와 린도 동의했다.

말을 꺼낸 토니가 승낙했으니 샤오린 씨의 동행을 거부할 이유가 사라졌다.

다른 사람의 얼굴도 봤지만 딱히 아무도 반대하지 않았다.

꽤 오랫동안 함께 있었으니까.

다들 샤오린 씨를 신용하는 모양이다.

나로서는 위험한 무기를 발견했을 땐 남몰래 부여를 삭제하고 싶었으니 따라오지 않았으면 했는데 다른 모두가 승낙했으니 나만 반대하면 오히려 눈에 띌 것이다.

어쩔 수 없이 나도 샤오린 씨의 동행을 승낙했다.

"샤오린 씨, 내일부터 또 잘 부탁드릴게요."

내가 그렇게 말하자 샤오린 씨는 생글거리는 표정으로 말했다.

"네, 잘 부탁드립니다."

그나저나…….

정말로 위험한 물건이 나오면 어쩌지?

나는 오그와는 다른 문제로 고민하게 됐다.

◆

토니의 제안으로 유적 조사가 정해진 뒤, 아우구스트는 자신의 방으로 토르와 율리우스를 불렀다.

"무슨 일이십니까, 전하."

평소 아우구스트의 측근으로서 항상 함께 있는 토르였기에 아우구스트의 모습이 평소와 다른 사실을 깨달았다.

아까와는 다르게 상당히 진지한 얼굴이었다.

토르의 말을 들은 아우구스트는 두 사람에게 어떤 명령을 내렸다.

"아니, 너희에게 어떤 임무를 부탁할까 한다만."

"임무……말씀이옵니까?"

마찬가지로 항상 아우구스트와 함께 있는 율리우스도 아우구스트의 말에 고개를 갸웃했다.

"아, 혹시 신 님을 감시하라는 말씀입니까? 만에 하나 유적을 파괴하면 국교를 수립하자마자 국제 문제가 될지도 모르니까요."

"토르는 신 님께 엄격하시구려."

많은 장인이 모인 영지를 지닌 토르에게 신이라는 인물은 듬직하면서도 감시가 필요해 조마조마한 상대다.

신이 가볍게 만든 물건으로 공장의 일이 끊길 수도 있기 때문이다.

그런 토르의 말에 율리우스는 자신도 모르게 쓴웃음을 흘렸다.

"음, 평소라면 그렇게 부탁하고 싶은 마음이 굴뚝같다만 이번엔 다른 일이다."

"다른 일이요?"

"신 님의 감시가 아니라면…… 무슨 일이옵니까?"

율리우스는 방금 토르의 말을 듣고 쓴웃음을 지었지만 실은 자신도 제법 너무한 말을 한다.

"감시는 감시지. 다만 그 대상이 신이 아닐 뿐이다."

"신 님이 아니라면…… 샤오린 님입니까?"

토르의 추측을 아우구스트는 고개를 끄덕여 긍정했다.

"하지만 여기에 오기 전에 다소 옥신각신한 일은 있었습니다만 쿠완롱에 도착한 뒤로 샤오린 님은 딱히 수상한 행동을 보이지 않았사옵니다만……."

"그랬지. 하지만 어쩐지 신경 쓰인다."

"어떤 점 말씀인가요?"

"샤오린 씨가 신을 보는 눈빛, 이지."

"신 님을 보는 눈빛…… 말씀입니까?"

아우구스트의 말을 들은 토르는 지금까지 봤던 샤오린의 행동을 떠올렸다.

그러고 보니 유황전 안뜰에서 하오가 소유했던 무기를 봤을 때, 그리고 신이 부여된 문자를 확인했을 때 샤오린의 눈매가 상당히 매서웠다.

"확실히…… 하지만 적대하는 것은 아닌 것 같습니다만?"

그 시선은 정말로 모르는가? 거짓말이 아닌가? 하는 의혹의 눈빛이었다.

솔직히 토르도 신이 모른다고 말할 줄은 몰랐다.

분명 지금까지처럼 그 무기의 정체도 파악할 거라고 생각했다.

그러나 돌아온 대답은 용도 불명.

그때 토르는 샤오린과 같은 생각을 했다.

사실은 정체를 아는 게 아닐까? 하고.

그리고 그럴 것이라고 확신했다.

그 이유는 하오가 그 무기를 기동하려 할 때 어째서인지 신은 기동해도 공격할 수 없다는 사실을 알고 있었기 때문이다.

그러나 토르는 신에게 확인해볼 생각은 없었다.

신은 예전부터 상식이 부족하다는 소리를 들었지만 정말로 만들어선 안 되는 것, 세상에 내보내선 안 되는 것을 잘 구분할 줄 안다.

토르가 신에게 이것저것 말할 때는 일단 못을 박아둔다는 이유도 있지만, 그 대화를 즐기는 면도 있었다.

그런 신이 말하지 않았다.

그것은 세상에 내보내선 안 되는 물건이라고 토르는 생각했다.

"뭐, 아마도 네 생각대로겠지. 신은 알고 있으면서 이야기하지 않았다. 그것에 불신을 품을지도 몰라. 장군의 마석 섭취에 관한 고백에도 약간 혐오하는 표정을 보였으니 말이다. 일단 장군이 누설하지 말라고 압력을 주었으니 그에 관해선 말하지 않겠지만……"

아우구스트가 그렇게 말하자 토르는 한숨을 쉬었다.

"진실을 알고 싶어 한다……는 거로군요. 좋은 말처럼 들리지만 진실을 밝히지 않는 편이 좋을 때도 있을 텐데 말입니다."

황당한 듯이 말하는 토르에게 율리우스가 쓴웃음을 지었다.

"토르는 꼬였소이다."

그 말에 토르는 얼굴을 찡그렸다.

"전하의 곁에 오래 있었으니까요."

"잠깐, 어째서 거기서 내 핑계를 대지?"

그렇게 항의하는 아우구스트를 보며 토르와 율리우스는 서로 마주 보았다.

"아니, 전하야말로 꼬인 사람의 대표시잖습니까."

"그렇소."

"너, 너희들……."

두 사람의 말에 아우구스트가 힘줄을 세우며 부들부들 떨자 토르의 추가 공격이 들어왔다.

"이번에 우리를 부르신 것도 샤오린 님이 신 님께 이상한 행동을 하지 않도록 감시하라는 명령이시죠? 신 님이 걱정이라면 처음부터 그렇게 말씀하시면 됐을 텐데."

"……."

토르가 그렇게 말하자 아우구스트는 아무런 말도 하지 않았다.

정곡이었기 때문.

그 모습을 본 율리우스는 웃으며 말했다.

"역시 배배 꼬였소이다."

"시끄럽다! 할 말은 그것뿐이다, 그만 나가!"

"알겠습니다."

"알겠사옵니다."

아우구스트에게 혼난 두 사람은 웃음을 참으며 아우구스트의 방에서 나갔다.

홀로 남은 아우구스트가 설마 속마음을 들킬 줄 몰랐다는 듯이 머리를 싸맨 것은 말할 것도 없다.

〈계속〉

빈 공방의 일상

알스하이드 왕도에서 빈 공방이라는 이름을 모르는 자는 거의 없다.

원래는 헌터와 병사를 위한 무기 공방으로서 일부에서만 유명했지만, 최근 신이 이끄는 월포드 상회의 상품 개발과 생산을 도맡은 공방으로써 유명해져 빈 공방 제품이라는 마크는 신뢰의 증표라고 불릴 정도까지 됐다.

"음......"

그런 빈 공방에서 어떤 마도구를 앞에 두고 신음하는 인물이 있었다.

"어머~? 마크 군? 무슨 일이야~?"

마크였다.

신음하는 마크에게 말을 건 사람은 빈 공방에 마법 부여 연습을 겸해 아르바이트를 하고 있는 유리였다.

"아, 유리 양임까. 그것 때문임다."

"그거…… 또 왔구나……."

마크의 말로 유리는 이해했다.

그 표정이 어둡다.

"저번엔 간단했는데 이번엔 어때~?"

"저번 『청소기』는 대기를 빨아들이는 부여만 하면 됐으니 어렵지 않았지만, 이번 건……"

마크는 그렇게 말한 뒤 눈앞에서 웅웅거리며 움직이는 마도구를 내려다보았다.

"공정이 엄청 많아서…… 상당히 고생할 것 같습니다……."

"그, 그렇구나~…… 그래서~? 이번 건 뭐야~?"

"『세탁기』라고 함다."

"그렇다면 자동으로 빨래를 해주는 기계인가~?"

"맞습다."

유리의 질문에 끄덕이는 마크.

그러나 유리는 알 수 없었다.

그 이유는.

"하지만 세탁이라는 마법을 쓸 수 있으면 그렇게 어렵지 않잖아~? 통과 물과 세제와 세탁물을 넣어 빙글빙글 돌리는 것뿐이지~? 그런데 무슨 공정이 많다는 거야~?"

"보면 알검다."

유리는 어딘가 의아한 표정을 하며 마크의 말대로 가동 중인 세탁기를 보았다.

그 세탁기는 신기한 형태였다.

유리는 통과 같은 물건을 상상했지만 눈앞에 있는 그것은 그 통을 약간 기울여 옆으로 놓은 것이었다.

이른바 드럼 세탁기다.

앞쪽은 유리로 되어 있어 안에 든 세탁물을 엿볼 수 있다.

빙글빙글 도는 세탁기를 보던 유리는 어떤 사실을 깨달았다.

"아! 회전이 달라졌네~?!"

"그렇습다. 세탁할 때의 회전만 해도 세 종류나 됩다."

"어째서~?!"

"그야 저도 모릅다!"

"어라? 이번엔 물이 나오는데~?"

"아, 헹굼입다. 세제를 씻겨낸다고 합다."

"그런 것까지 자동으로~?!"

"그것만이 아닙다."

"응~?"

그렇게 한동안 지켜보자 세탁기 안의 통이 빠르게 돌기 시작했다.

"어, 뭐야~? 이거~?"

"탈수입다."

"그것까지~?!"

그렇게 소리친 유리를 본 마크는 훗 하고 그늘진 미소를 보였다.

"아직 끝이 아닙다."

"여기서 또 뭐가~."

꿀꺽 마른침을 삼킨 유리는 진지한 얼굴로 세탁기를 보았다.

얼마 후 회전이 끝나자 갑자기 주위가 따뜻해진 것을 깨달았다.

"저기, 어쩐지 덥지 않아~?"

그렇게 말하며 옷깃을 펄럭이는 유리.

얼티밋 매지션즈에서도 제일가는 몸매를 자랑하는 유리의 행동에 눈길이 갈 뻔했지만 다급히 세탁기로 시선을 보냈다.

이제 곧 연인인 올리비아가 찾아올 텐데 그런 모습을 보이면 큰일이기 때문이다.

"이 열기의 원인은 이겁다."

"이거라니…… 어째서 세탁기에서 열기가……."

"건조, 라고 함다."

"어~? 혹시 이거 세탁물을 넣으면 건조까지 끝내는 거야~?"

"그렇습다."

"……월포드 군의 머릿속엔 대체 뭐가 든 걸까~?"

"글쎄요…… 평범한 저는 전혀 모르겠습다."

말 그대로 두 사람이 보는 전자동 세탁 건조기는 신이 만든 것이다.

빈 공방은 신이 개발한 마도구의 양산을 맡고 있다.

그러나 신이 만드는 마도구는 일본어로 마법 부여하기 때문에 공방에서 양산하려면 그 언어를 이쪽 세계의 언어로 번역할 필요가 있다.

그렇다면 처음부터 이쪽 세계의 언어로 부여하면 된다고

생각하겠지만 그것을 거부한 것은 다름 아닌 이 두 사람.

신이 만든 마도구의 부여를 자신들의 힘으로 재현한다.

그것이 제일 좋은 훈련이 된다면서.

그렇게 말한 두 사람은 이 작업을 하게 되면서 후회했다.

문자의 수가 늘어나는 것은 문제가 아니다.

그럴 수 있는 이유는 신이 개발한 『회로』라는 것 덕분이다.

이것은 부여한 것을 마물에게서 얻은 실 등으로 연결하면 효과가 이어지는 성능이 있다.

덕분에 부여 마법사들은 문자 수 제한이라는 저주에서 해방됐다.

그러나 신이 원하는 부여는 공정이 너무 많다.

순서대로 부여하면 부여된 부품이 수가 막대해진다.

그렇게 되면 상품으로서 팔리지 않으니 일단 부여를 간략화하면서도 똑같이 작동하도록 만들어야 한다.

그 작업에 두 사람은 매번 골머리를 앓게 됐다.

"하아…… 모든 주부의 꿈만 같은 마도구니 이건 꼭 상품으로 만들어야겠지~."

지금 본 세탁기의 지나치게 많은 공정에 유리는 깊은 한숨을 쉬었다.

그러나 그 말을 들은 마크는 고개를 갸웃했다.

"음, 바로 보급하는 건 무리일 걸다."

"어째서~? 이렇게 편리한데~?"

많은 공정은 그렇다 치고 세탁물을 넣어 기동하기만 하면 빨래에서 건조까지 전부 해주는 마도구다.

주부라면 분명 원할만한 물건이다.

그러나 마크는 어떤 이유로 그건 어려울 것이라고 단언했다.

"이건 마지막에 건조가 끝날 때까지 몇 시간 걸립다."

"어? 그럼 그동안 계속 마력을 주입해야 해~?"

"그런 걸 월포드 군이 만들 리가 없잖습까. 스위치를 넣으면 그 자리를 떠나도 괜찮습다."

"어? 그렇다면……."

"마석을 사용함다."

그 말을 들은 유리는 다시 깊은 한숨을 쉬었다.

"확실히 최근 마석이 자주 시장에 나오게 됐지만~ 그래도 쉽게 손에 넣을 수 없는 데다 비싸잖아~?"

"그러니 평범한 주부에겐 어려울 검다."

"……월포드 군은 누구에게 팔 생각일까~?"

"아마 귀족이라든가 커다란 시설처럼 돈이 있고 세탁물이 대량으로 나오는 곳이라면 팔리지 않겠냐고 했었습다."

"그럴지도 모르지만~ 하아, 모든 공정이 별개라면 그렇게 어렵지 않을 텐데~."

"하지만 그렇게 되면 이 마도구의 취지에서 벗어남다."

"스위치만 꾹 누르면 빨래 끝이라니~ 매번 그렇지만 이런 걸 잘도 생각해낸다니까~."

"역시 월포드 군이라고 밖에는 할 수 없습다."

두 사람은 이래저래 신이 만든 마도구의 은혜를 받고 있고 무엇보다 이것은 자신들이 꺼낸 이야기다.

성가시지만 신을 비난할 수 없다는 것은 이해하고 있다.

두 사람은 한동안 절망적인 기분에 빠졌지만 이윽고 마크가 심호흡하고서 힘을 내며 말했다.

"좋아! 절망해도 별수 없습다! 빨리 시작하겠습다!"

"어쩔 수 없네~."

이렇게 두 사람은 전자동 세탁 건조기의 부여에 나섰다.

"일단 떠오르는 부여 문자를 전부 적었습다만……."

"저기…… 이걸 전부 부여하면 부여 부품이 너무 많아지지 않을까~?"

두 사람은 책상 위에 부여 효과가 잔뜩 적힌 종이를 보며 한숨을 쉬었다.

빈 공방의 양산화 공정은 부여한 얇은 금속판을 연결한 뒤 그것을 마도구와 연결해 판매한다.

그야말로 전자 제품에서 말하는 회로의 역할이다.

부여의 수가 많아진다면 금속판의 수도 많아진다는 뜻.

그렇게 되면 부여한 금속판의 수만큼 본체가 커진다.

"어쨌든 간략화할 수 있는 부분부터 찾겠습다."

"하아…… 이게 언제 완성될까~?"

이렇게 두 사람은 정신이 아득해지는 작업을 시작했다.

"수고하네. 잠깐 쉴래?"

둘이서 이러니저러니 이야기하며 작업하고 있으니 올리비아가 찾아와 마크의 앞에 커피를 놓았다.

"응? 아, 고마워, 올리비아."

"천만에. 여기, 유리 양도."

올리비아는 그렇게 말하며 유리 앞에 홍차가 든 컵을 놓았다.

"와~ 고마워, 올리비아~."

유리는 기뻐하며 컵을 들었다.

"아니요. 그나저나 이번에도 큰일인가 보네. 어떤 마도구야?"

올리비아는 그렇게 말하며 작업실에 놓인 그것을 보았다.

"전자동 세탁 건조기래."

"전자동 세탁 건조기?!"

"세탁물을 넣고 스위치를 누르면 세탁에서 헹굼, 탈수, 건조까지 해준대."

"꿈만 같은 마도구잖아?! 나도 꼭 갖고 싶어!"

"뭐, 그렇게 반응하겠지……."

"이거, 마석이 더 싸지면 분명 팔릴 거야~."

"네? 마석을 쓰나요?"

"응."

"아, 하지만 마석이라면 월포드 군에게 부탁하면 만들어

줄 테니까."

"뭐, 우리는 그렇지. 일반적으로는 마석이 좀 더 저렴해져야 많이 팔리게 될 거야."

"흐음."

마크의 설명을 들으며 전자동 세탁 건조기를 본 올리비아는 어떤 사실을 깨달았다.

"아, 이거 세탁만이라든가 건조만을 고를 수 있구나."

"⋯⋯?!"

그 말을 들은 두 사람은 경악했다.

설마 그 기능을 따로 사용할 수 있을 줄은 꿈에도 몰랐다.

두 사람은 그대로 책상에 엎드렸다.

"앗, 둘 다 괜찮아?"

"할 일이 더 늘었어~."

"아, 정말!"

일단 공정을 재현하는 것만으로도 고생인데 그것을 개별적으로 사용해야만 한다.

작업이 늘어난 사실에 두 사람은 힘이 빠지고 말았다.

"하아⋯⋯ 하지만 여기서 포기해서 월포드 군의 신뢰를 저버릴 수는⋯⋯."

그렇게 말하며 고개를 든 마크는 그대로 굳어버렸다.

마크와 유리는 마주 보고 앉아 있었다.

그리고 서로 책상에 엎드렸다.

그 마크의 시선 끝에는…….

책상에 가슴을 올린 유리가 그대로 앞으로 엎드렸다.

다시 말해 눈앞에 도원향이 펼쳐져 있었다.

거기에 시선이 가는 것은 남자의 본성.

"……마크?"

"어?!"

마크의 눈이 유리의 가슴에 고정되자 올리비아의 서늘한 목소리가 울렸다.

무심코 등줄기를 곧게 편 마크.

"무, 무무무, 무슨 일이야, 올리비아?!"

"……."

식은땀을 줄줄 흘리는 마크의 옆으로 말없이 다가오는 올리비아.

유리는 전혀 깨닫지 못하고 책상 위에 놓인 부여 문자를 적은 종이를 원망스러운 듯이 바라보았다.

그리고 마크의 옆으로 온 올리비아는 마크의 귓가에 입을 가져가서는…….

"……바보."

"……미안."

작은 목소리로 비난한 올리비아에게 작은 목소리로 사과한 마크.

큰 목소리를 내면 마크가 가슴을 본 사실을 유리 본인에게 들킬 테니 작은 목소리로 다그쳤지만 그 모습을 옆에서 본다면…….

"잠깐~ 눈앞에서 찰싹 붙어있지 말라고~."

연인끼리 찰싹 붙어있는 것처럼 보인다.

"어?! 아, 그게 아니라!"

"뭐야, 이제 와서 부정할 것 없잖아~ 그냥 그런 건 둘만 있을 때 해줘~."

"그, 그러니까……."

"아~ 나도 그럴 사람 있었으면 좋겠다~."

유리는 그렇게 말한 뒤 엎드렸던 몸을 일으켜 의자에 등을 기대며 두 팔을 들어 기지개 켰다.

이번에도 강조되는 유리의 가슴.

"……."

"아얏!"

"왜 그래~?"

이번엔 발끝을 힘껏 밟힌 마크와 여전히 알아차리지 못한 유리.

그러는 사이 세 사람이 있는 작업실에 누군가가 찾아왔다.

"도련님, 유리, 올리비아. 아직 남아 있었어?"

"어? 아, 모건 씨. 수고하셨습니다."

모건이라고 불린 남자는 빈 공방에서 가죽 제품을 제작하는 사람이다.

아직 스무 살밖에 안 됐지만 실력은 확실해서 신도 가죽 제품이 필요할 땐 모건에게 의뢰할 정도다.

"그래, 수고했어. 그래서 다들 남은 걸 보면 이게 그거야?"

"하하, 맞습다."

"힘들겠네."

"아닙다, 우리가 꺼낸 말이니까요."

"그렇구나."

"그보다 모건 씨야 말로 이렇게 늦게까지 어쩐 일임까?"

"응? 아, 나는 그냥 좀……."

모건은 그렇게 말한 뒤 유리의 옆으로 다가와 들고 있던 것을 건넸다.

"유리. 이거, 부탁했던 거."

"와~! 고마워요, 모건 씨!"

"아니, 이 정도야 뭐, 대단한 건 아니야. 그보다 그건 어때?"

그렇게 말하며 유리에게 건넨 홀스터의 감상을 물었다.

유리는 그 홀스터를 확인한 뒤 환한 얼굴을 했다.

"주문했던 대로예요~ 고마워요~!"

"그래. 다행이네."

그렇게 말하며 마주 보는 두 사람.

거기엔 방금까지 늘어졌던 유리의 모습은 없었다.

그런 유리를 보며 올리비아는 가만히 말을 걸었다.

"유리 양~."

"앗?!"

"이번엔 제가 말할 차례네요."

"아, 아으~."

그렇게 부끄러워하는 유리를 보며 작업실에 웃음이 퍼졌다.

"하아, 뭐랄까 작업할 분위기가 아니다."

"그러게~ 오늘은 이만할까~?"

"그럼 이제 늦었으니 유리는 내가 데려다줄게."

"와, 괜찮아요~?"

"물론이지."

"후후, 그럼 마크 군, 올리비아, 잘 자. 내일 보자~."

유리는 그렇게 말하며 모건과 둘이서 작업실을 나갔다.

두 사람이 나간 뒤 갑자기 올리비아가 마크의 팔에 자신의 팔을 꼈다.

갑자기 밀착하게 된 마크는 방금 일을 용서해줬다고 생각해 올리비아를 보았다.

하지만.

"어, 어라? 올리비아 님?"

마크가 본 것은 뚱한 표정을 한 올리비아.

"마크, 유리 양의 가슴을 봤지……."

"그, 그건…… 미안."

"……역시 마크는 유리 양 정도는 돼야 좋아?"

올리비아가 살짝 슬픈 듯이 말하자 마크는 필사적으로 부정했다.

"그, 그렇지 않아! 나는 올리비아의 가슴이 좋다고!"

큰소리로 그런 말을 하는 마크에게 올리비아의 얼굴이 새빨개졌다.

"자, 잠깐, 그런 말을 큰소리로 하면…… 알았으니까……."

올리비아는 어쨌든 마크를 진정시키려 했지만 마크는 올리비아의 어깨를 붙잡고 성큼성큼 걷기 시작했다.

발길이 향한 곳은 마크의 방.

"어? 잠깐, 마크?"

"지금부터 그걸 증명할게."

"어…… 아으……."

그렇게 두 사람은 마크의 방으로 들어갔다.

다음 날 빈 공방의 작업실에는 묘하게 생기가 도는 마크와 유리, 그리고 약간 지친 듯한 올리비아와 모건이 있었다.

어젯밤 무슨 일이 있었는가. 그것은 본인들만 알 것이다.

〈끝〉

■작가 후기

『현자의 손자』 13권을 읽어주셔서 진심으로 감사합니다.

요시오카 츠요시입니다.

12권이 나온 것이 2020년 3월 말이었고 그 이후로 이번 13권이 나올 때까지 세간에선 신형 코로나 바이러스가 맹위를 떨쳐 큰일이 벌어졌습니다.

저도 전부터 손을 자주 씻는 편이었지만 감염이 걱정되다 보니 더 자주 손을 씻고 빈번하게 소독하고 있습니다.

솔직히 너무 자주 씻어 손이 거칠어지지 않을까 싶을 정도로 씻고 있습니다.

덕분에 감염은 물론 감기도 걸리지 않고 건강을 유지할 수 있었습니다.

만약 이 세계에 마법이 있다면…… 하고 생각한 적도 있었습니다만 특정 바이러스만 없애는 건 역시 무리겠죠.

앞으로도 이 바이러스는 독감과 마찬가지로 함께 할 수밖에 없을 것 같네요. 백신이나 특효약이 나오면 전과 같은 생활로 돌아갈 수 있을까요?

그렇게 되기를 간절히 바랍니다.

그럼 여느 때처럼 감사 인사를.

담당이신 S 씨, 이번엔 원고가 늦고 늦어 정말 죄송했습니다.

일러스트를 그려주신 키쿠치 선생님의 스케줄도 크게 틀어지게 되어 무척이나 죄송했습니다.

아슬아슬한 일정이었지만 이번에도 훌륭한 일러스트였습니다.

정말로 감사할 따름입니다.

그리고 만화를 그려주시는 오가타 선생님, 시미즈 선생님, 니시자와 선생님, 이시이 선생님.

그려주시는 건 각각의 작품이지만 선생님 저마다의 개성이 나와 원작자이면서도 매번 원고 도착을 기대하고 있습니다.

그리고 이 책을 집어주신 모든 독자님께 감사를 전합니다.

이 책이 발매될 무렵엔 아직 코로나 바이러스가 종식되지 않을 테니 부디 감염 예방에 주의하시고 건강 잘 챙기시길 바랍니다.

그럼 다음 권에서 만나 뵐 수 있기를 진심으로 바라겠습니다.

2020년 9월 요시오카 츠요시

항상 복장을
상당히 적당히
만들어버리기 때문에
나중에 이곳저곳
수정하는 경우가 많습니다.

키쿠치
세이지

안녕하세요. 역자 김덕진입니다.

이렇게 현자의 손자 13권으로 인사드릴 수 있게 되어 영광입니다.

이번 13권도 이렇게 마무리되었군요. 개인적으로는 주요 인물이라고 생각했던 인물이 생각보다 빨리 퇴장해서 조금 놀랐습니다. 뭐 덕분에 전개가 빨라져 읽기엔 더 좋았던 것 같네요. 다음 14권에서는 또 어떤 식으로 전개될지 무척 기대됩니다.

그러고 보니 이번에 잠깐 등장한 무기가 있었죠. 바로 레일건입니다. 라이트노벨을 비롯한 SF 소설 등에서 자주 등장하는 무기입니다. 아무래도 앞으로의 새로운 군사 핵심 기술로써 지금 한창 개발, 발전 중인 무기이니 작품에서 사용하는 소재로 매력적인 무기인 듯하네요.

전문가는 아니라서 자세한 원리는 모르겠지만 두 개의 레일에 강한 전류가 흐르면 자기장이 발생하고, 이 레일 안쪽의 탄환이 그 자기장의 힘을 받아 발사되는 형태라고 알고 있습니다.

빠르고 강력해서 미래의 무기로 각광받고 있지만 설비와 유지에 막대한 비용이 들기에 아직은 연구할 부분이 많은 것 같더군요. 하긴 지금 이 글을 2021년에 작성하고 있으니 독자님께서 이 글을 읽으실 무렵에는 이미 실전 배치가 완료되었을지도 모르겠지만 말입니다.

어쨌거나 이번 13권에서 잠깐 등장했으니 앞으로 이 무기가 다시 등장할 수도 있다는 생각에 잠깐 언급해보았습니다. 너무 길게 언급하면 제 부족한 지식만 드러날 것 같아 이만 줄여야겠네요.

그럼 이만 짧게나마 역자 후기를 마칠까 합니다. 부디 14권으로 다시 인사드릴 수 있기를 바라며 이만 마치겠습니다.

항상 즐거운 일만 가득하시고 건강하시기를 바라겠습니다. 감사합니다.

현자의 손자 13
뇌굉전격의 마룡토벌

초판 1쇄 발행 2022년 10월 10일

지은이_ Tsuyoshi Yoshioka
일러스트_ Seiji Kikuchi
옮긴이_ 김덕진

발행인_ 신현호
편집장_ 김승신
편집진행_ 권세라 · 최혁수 · 김경민 · 최정민
편집디자인_ 양우연
관리 · 영업_ 김민원

펴낸곳_ (주)디앤씨미디어
등록_ 2002년 4월 25일 제20-260호
주소_ 서울시 구로구 디지털로 26길 111 JnK디지털타워 503호
전화_ 02-333-2513(대표)
팩시밀리_ 02-333-2514
이메일_ lnovellove@naver.com
L노벨 공식 카페_ http://cafe.naver.com/lnovel11

KENJA NO MAGO Vol.13 RAIGO DENGEKI NO MARYU TOBATSU
ⓒTsuyoshi Yoshioka 2020
First published in Japan in 2020 by KADOKAWA CORPORATION, Tokyo.
Korean translation rights arranged with KADOKAWA CORPORATION, Tokyo.

ISBN 979-11-278-6577-1 04830
ISBN 979-11-278-3969-7 (세트)

값 7,800원

*잘못된 책은 구매처에 문의하십시오.